NELLY

# Ich war seine kleine Prinzessin

Aus dem Französischen
von Sylvia Strasser

Bechtermünz Verlag

Lizenzausgabe mit Genehmigung der
GUSTAV LÜBBE VERLAG GmbH
für Bechtermünz Verlag im
Weltbild Verlag GmbH, Augsburg 1997

Umschlagmotiv: J. Heron / IFA-Bilderteam
Umschlaggestaltung: imago Grafik Design, Ettlingen
Gesamtherstellung: Ebner Ulm
Printed in Germany
ISBN 3-86047-666-1

Ich möchte dieses Buch Sandy, Laury, Florent
meiner Mutter Chrystelle und ihrem Lebensgefährten
widmen – für ihre Unterstützung und ihre Liebe.

Für alle jene, die diesem Alptraum aus eigener Erfahrung kennen. Mögen sie die Kraft finden, ihre Stimme zu erheben und offen über ihr Martyrium zu sprechen. Sexueller Mißbrauch von Kindern ist ein Verbrechen, das verfolgt und bestraft werden muß. Schweigen verschlimmert nur das Leid des Opfers und festigt die Machtposition des »netten« Triebtäters. Sexueller Mißbrauch ist eine Falle, die immer von Erwachsenen gestellt wird, und das unschuldige Kind läuft arglos hinein.

# Vorwort

Ich war zwölf Jahre alt. Papa sagte: »Wir zwei sind wie Romeo und Julia. Wir haben eine schöne Liebesgeschichte miteinander.« Ich liebte ihn. Er war ein Held für mich. Ein Gott. Und ich war sein Liebling, seine kleine Prinzessin. Weshalb sollte es nicht eine Liebesgeschichte zwischen einem Papa und seinem kleinen Mädchen geben können? Ich glaubte ihm. Aber später hat er mich mit Mama verwechselt. Er hat mit mir geschlafen wie mit einer erwachsenen Frau. Und das Märchen verwandelte sich in einen Alptraum …

Vier Jahre sind seit damals, seit der Vergewaltigung, vergangen. Ich bin jetzt sechzehn. Ich gehe aufs Gymnasium und bin eine Schülerin (fast) wie alle anderen. Mein Vater ist im Gefängnis. Er bezahlt für das, was er mir angetan hat. Und ich, ich versuche damit fertig zu werden, so gut ich kann. Ich gebe mich zwar sehr erwachsen, aber das ändert nichts daran, daß ich gezeichnet bin fürs ganze Leben. Die Wunde ist noch lange nicht verheilt.

Mein Schicksal ist kein Einzelfall. Viele Mädchen machen die gleichen schlimmen Erfahrungen.Und wie ich können sie weder verstehen, was mit ihnen passiert, noch sind sie in der Lage, sich zur Wehr zu setzen. Deshalb habe ich mich entschlossen, dieses Buch zu schreiben. Zum Thema Inzest sind eine Reihe von Büchern veröffentlicht worden, aber alle Betroffenen haben erst im Erwachsenenalter darüber geschrieben, nachdem sie Abstand gewonnen hatten. Ich will über meine Wunde sprechen, solange sie noch offen ist. Ich will Ihnen schildern, was ein Kind, das in einer inzestuösen Beziehung mißbraucht wird, wirklich empfindet. Das Ganze ist schrecklich kompliziert, es ist so unbegreiflich und so schmerzhaft. Es ist etwas Übles, Häßliches, etwas, das man lieber verschweigen würde.

Die meisten schleppen jahrelang diese Last mit sich herum, kapseln sich ab, ziehen sich von allem zurück. Mir blieb nichts anderes übrig, als darüber zu sprechen. Erst mit den Polizeibeamten und später, während der Verhandlung, mit dem Richter, den Geschworenen, den Anwälten und den Journalisten. Dann waren da noch die Erzieher. Und schließlich bin ich vor die Fernsehkameras getreten und habe meinen Leidensweg erzählt, um all jene zu überzeugen, die meinten, ich sei selbst schuld an allem, ich hätte meinen Vater sozusagen verführt. Als ob die Vergewaltigung allein nicht schon schlimm genug gewesen wäre …

Ich bekam unzählige Briefe von Zuschauern, die mir schrieben: »Bravo, Nelly! Es war gut, daß du darüber gesprochen hast.« Das hat mir sehr geholfen, es hat mir Mut gemacht und neuen Lebenswillen gegeben. In der Fernsehsendung habe ich vor allem über die Folgen des Inzests gesprochen, über die Vorwürfe, die in meiner Umgebung laut wurden, weil ich es gewagt hatte, meinen Vater anzuzeigen. Im vorliegenden Buch möchte ich aber auch schildern, wie es überhaupt so weit kommen konnte. Wie ist es möglich, daß ein braver Familienvater, ein ausgeglichener, geachteter Mann – mein über alles geliebter Vater – zu einer solchen Tat fähig ist? Wie ist es möglich, daß niemand das Unheil kommen sah?

Die Geschichte eines Inzests, die ich Ihnen hier erzählen will, ist also meine eigene. Ich möchte Ihnen erklären, wie sich in einer ganz normalen französischen Familie die Dinge unbemerkt so weit entwickeln konnten.

Gemeinsam mit Ihnen will ich noch einmal ganz an den Anfang der Geschichte zurückkehren.

# Ein glückliches Zuhause

Ich liebte unser kleines Haus. Das Haus, in dem ich später soviel Schlimmes erleben sollte. Es hatte nichts Besonderes, aber es ist das Haus meiner Kindheit. Ich bin dort aufgewachsen, und ich war glücklich dort. Selbst heute noch fühle ich mich zu ihm hingezogen, ich weiß auch nicht, warum. Es knüpfen sich viele Erinnerungen daran. Schreckliche, aber auch schöne. Es ist und bleibt »mein« Haus. Eine Menge Dinge verbinden mich mit ihm, so daß es mir trotz allem, was passiert war, einen Stich gab, als ich von dort weggehen mußte. Für mich war es ein glückliches Zuhause gewesen. Und deshalb möchte ich Sie dorthin führen, zu meinem Haus mitten im Wald, und Ihnen alles darüber erzählen. Vielleicht können Sie dann besser verstehen, wie alles angefangen hat und wie es so weit kommen konnte.

Meine Heimat ist das Land des Mistrals. Nicht weit von hier fließt die Rhône. Orange ist die nächstgrößere Stadt. Weinberge, Obstbäume, Olivenhaine, Kiefern- und Korkeichenwälder bestimmen das Landschaftsbild; dazwischen liegen einsame Höfe. Hierher verirren sich nicht viele Fremde. Wer aus dem Norden kommt und Richtung Süden will, benutzt die Autobahn und fährt durch, ohne anzuhalten.

Ich liebe diese Gegend sehr, weil das Wetter schön ist und die Leute freundlich sind. Die Pariser belächeln unseren Akzent. Ich habe auch diesen singenden Tonfall, und ich bin stolz darauf. Mein Vater stammt aus der Gegend hier. Meine

Mutter kommt aus dem Norden. Sie haben sich im Urlaub kennengelernt und sehr jung geheiratet: Mama war sechzehn und Papa siebzehn. Ich bin in ländlicher Stille und guter, frischer Luft aufgewachsen und habe insofern großes Glück gehabt. Ich hatte sogar meine eigenen Haustiere, ein Huhn und drei Hunde, die ich Toby, Barri und Titine nannte.

Mein Haus, ein niedriges, eingeschossiges, rosarot verputztes Gebäude, stand einsam mitten im Wald. Mein Vater hat es größtenteils selbst gebaut, und wir, das heißt meine Mutter, mein Bruder, meine Schwester und ich, haben ihm dabei geholfen. Es war unser Haus, und wir hatten es ganz für uns allein. Es war wirklich toll dort. Und lustig. Ich hatte eine Menge Spaß.

Das nächste Dorf lag zwei Kilometer entfernt. Es war eine reizende Ortschaft. Aus Naturstein errichtete Häuser mit Hohlziegeldächern säumten die engen Straßen. Die Kirche hatte einen kleinen Turm, und die Turmuhr schlug zu jeder Stunde. Auf dem Dorfplatz stand eine riesige Platane. Und am Dorfplatz lag auch meine Schule. Grüne Fensterläden, zwei Klassenzimmer, ein Speisesaal: ein richtiges Puppenhaus. Hier habe ich lesen und schreiben gelernt. Danach bin ich in Orange aufs Gymnasium gegangen.

Wir sind drei Kinder, zwei Mädchen und ein Junge. Ich, Nelly, bin die Älteste. Ich bin 1977 geboren. Mein Bruder Laury kam 1978 zur Welt und meine Schwester Sandy 1980.

Ich war groß für mein Alter. Aber mit meinen schwarzen, lockigen Haaren, die mir fast bis zur Taille reichten, der Zahnspange und den flachen Schuhen sah ich eben doch noch wie ein kleines Mädchen aus. Ich dachte und ich spielte wie ein Mädchen meines Alters, und ich war froh darüber.

Mein Bruder Laury und ich sind nicht weit auseinander, und trotzdem reichte er mir nur bis zur Schulter. Er war ein richtiger Lausbub, aber sehr anhänglich und auch sehr sensibel. Er lief oft zu Mama, um mit ihr zu schmusen. Papa hat sich nicht viel um ihn gekümmert. Sandy, das Nesthäkchen, hat im Gegensatz zu mir wunderschöne grüne Augen (meine sind fast schwarz). Deshalb hat Mama ihr den Spitznamen Prunelle – Augapfel – gegeben. Sandy war ein liebes Ding, aber furchtbar ängstlich. Sie geriet schon in Panik, wenn bloß jemand die Stimme hob. Mit ihr hat sich Papa genausowenig beschäftigt wie mit meinem Bruder. Der Liebling meines Vaters, das war ich.

Jeden Morgen um halb neun stiegen wir in den Schulbus. Abends brachte uns der gleiche Bus wieder zurück. Die Straße schlängelte sich an Weinbergen und Obstgärten vorbei und durch den Wald bis zur Haltestelle oben auf der Anhöhe. Dort stiegen wir aus, überquerten die Landstraße und bogen in den vom Regen ausgewaschenen und auf beiden Seiten von Zypressen gesäumten Schotterweg ein. Laury, Sandy und ich trödelten immer auf diesem Sträßchen, das bergauf, bergab in den Wald hineinführte. An einer Stelle stand ein großer Feigenbaum. Auf den kletterte ich regelmäßig, pflückte die wilden Früchte und aß sie gleich an Ort und Stelle. Dann kamen die Brombeersträucher an die Reihe. Von den Beeren hatte ich immer blauschwarze Finger und Flecken an den Kleidern. Im September oder Oktober waren die Trauben reif. Und im Winter fiel manchmal genug Schnee für eine Schneeballschlacht, oder wir schlitterten über gefrorene Wasserlachen.

Dieser eine Kilometer von der Haltestelle bis nach Hause steckte für uns Knirpse voller aufregender Abenteuer. Manchmal hörten wir seltsame Geräusche und stellten uns vor, im Gestrüpp lauerten irgendwelche wilden Tiere oder Bösewichte. Dann rannten wir den ganzen Weg bis nach Hause, wo wir uns in Sicherheit glaubten. Was haben wir auf diesem einen Kilometer für Unfug angestellt!

Obwohl wir ganz allein mitten im Wald wohnten, unser Grundstück nicht eingezäunt war und der Wind oft in den Kiefern ringsum heulte, hatten wir nie Angst. Wir fühlten uns geborgen, denn Papa und Mama waren ja da und beschützten uns. Für mich war das das vollkommene Glück: eine richtige Familie zu haben und eine Menge Liebe zu bekommen – ich von Papa und Laury und Sandy von Mama. So jedenfalls sah ich die Dinge damals mit meinen zwölf Jahren. Papa und Mama verstanden es sehr gut, ihre Probleme vor uns zu verbergen.

Das Haus war unser ein und alles. Ich glaube, Papa hat jeden Pfennig, den er verdiente, da hineingesteckt. Er hat aber auch fast jede freie Minute geopfert, um daran zu arbeiten. Es gab immer etwas zu tun: eine Mauer errichten, den Keller ausbauen, eine Garage erstellen – die allerdings nie fertig wurde –, eine Terrasse anlegen. Die Betonmischmaschine im Hof lief, sowie Papa ein bißchen Zeit hatte.

Ich bewunderte meinen Vater. Ich fand es toll, daß er wußte, wie man ein Haus baut. Dazu muß ich allerdings sagen, daß er, wie schon mein Großvater, von Beruf Maurer war. Und ich, seine kleine Tochter, durfte ihm dabei helfen, unser Haus herzurichten und zu verschönern. Das machte mich ganz stolz. Papa freute sich über meine Hilfe. Er duldete nur mich in seiner Nähe, sonst niemand, auch nicht Laury und Sandy. Ich dachte mir nichts bei dieser Bevorzugung, ich war eben Papas Liebling.

Zwischen zwei hohen Kiefern hatte mein Vater ein Seil aufgehängt. Ich kletterte daran hoch und schaukelte hin und her wie Tarzan an einer Liane. Das war super. Vom Hausdach aus hatte man einen herrlichen Blick bis hinüber zur Schloßruine Le Castellas jenseits des Waldes. Aber ich war zu klein, um aufs Dach hinaufzusteigen.

Jedes Jahr an Weihnachten haben wir einen Tannenbaum geschmückt. Wir hatten sogar eine Tanne vor dem Haus gepflanzt, die wir später, wenn sie groß genug wäre, fällen und mit Girlanden, Sternen und Kugeln behängen wollten. Im Winter mit dem Schnee sah sie wunderhübsch aus, und ich wünschte mir, sie würde schneller wachsen. Aber weil dann die Sache mit meinem Vater passiert ist, kamen wir nicht mehr dazu, den Baum zu fällen. Wir haben ihn nie geschmückt. Er ist später eingegangen.

Manchmal kamen die Tiere aus dem Wald bis ans Haus. Die Füchse, die draußen herumstrichen, hielt ich für Wölfe. In dieser Umgebung wuchs ich auf und wurde größer, ohne daß ich es merkte. Bis ich eines Tages unter einer Kiefer durchsauste und mir den Kopf am untersten Ast stieß. Jahrelang hatte ich mit einem Affentempo und eingezogenem Kopf diesen Weg genommen, und jetzt paßte ich plötzlich nicht mehr durch! Da begriff ich, daß ich gewachsen war. Ich hatte innerhalb eines Jahres ein paar Zentimeter zugelegt. Papa lachte und meinte, ich sei eine »richtige kleine Frau« geworden. Ich lachte mit ihm, ich nahm das nicht ernst. Ich war noch ein Kind, und ich wollte ein Kind bleiben, mein ganzes Leben lang, denn das war einfach das Schönste.

Ich war ein unbekümmertes, unverdorbenes Mädchen mit flacher Brust und aufgeschürften Knien wie ein Junge. Mein Leben drehte sich um unser Haus, meine Familie und die Schule, mit der ich keinerlei Probleme hatte. Alles andere interessierte mich nicht. Auch nicht die Jungs. Ich war noch in dem Alter, wo man Hütten im Wald baut und mit Barbie-Puppen spielt. Es war eine tolle Zeit.

Papa und ich betätigten uns als Maurer, damit das Haus fertig wurde. Wenn er nicht da war und Mama Zeit für mich hatte, gingen wir in den Wald, Pilze sammeln und wilden Spargel suchen. Bei Regen zog ich mit meinem Bruder los, und wir stapften im Morast herum. Meine Güte, wie oft bin ich in den Schlamm geplumpst! Wir spielten alles, was Kinder im Wald eben so unternehmen können. Das verstehe ich unter Glück.

Ich hatte alles, was man sich in diesem Alter nur wünschen kann, sogar Großeltern, die in uns Kinder ganz vernarrt waren. Mireille und René, die Eltern von Papa, wohnten in dem Nachbardorf vier Kilometer entfernt, wo wir früher auch gewohnt hatten. Ich sah sie oft abends und besuchte sie regelmäßig an den Wochenenden. Ihr Haus war unser zweites Zuhause. Großvater René hat immer einen Kuchen für mich gebacken. Er und Großmutter haben mich ganz schön verwöhnt. Ich war ihr erstes Enkelkind, ihr ganzer Stolz. Sie waren außer sich vor Freude, als ich auf die Welt kam. Besonders Großvater, ein rechtschaffener, allseits geschätzter und geachteter Mann, hatte sich unbändig gefreut.

Mein Großvater und mein Vater hatten früher kein besonders gutes Verhältnis, sie waren zu verschieden. Sie konnten nicht miteinander reden, weil sie nicht wußten, wie. Seiner Mutter dagegen stand mein Vater sehr nahe. Als ich geboren wurde, war ich vom ersten Moment an Großvaters Liebling. Er vergötterte mich. Er nahm mich in seine kräftigen, schwieligen Hände und trug mich, die Arme hoch über den Kopf gestreckt, über den Dorfplatz. Er zeigte mich herum und ging zum Schluß ins Café, wo alle Männer des Dorfs versammelt waren. Ich war da vielleicht zwei oder drei Wochen alt. Mein Großvater soll vor Freude geweint haben.

»Das ist meine Enkelin«, sagte er. »Seht doch nur, wie schön sie ist. Das ist meine Enkelin!« Er war ungeheuer stolz.

Und das machte Papa ganz glücklich. Zum erstenmal in seinem Leben war sein Vater stolz auf ihn – und das meinetwegen. Mir hatte er es zu verdanken, daß sein Vater endlich seine Zuneigung erwiderte und ihm Achtung und Liebe entgegenbrachte.

Sie haben beide geweint und sich umarmt. Von dem Tag an besserte sich ihr Verhältnis zueinander. Endlich, so schien es meinem Vater, nahm Großvater René ihn zur Kenntnis. Ja, ich habe die beiden einander nähergebracht, und ich glaube, mein Vater war mir in gewisser Weise dankbar dafür. Vielleicht liebte er mich deswegen soviel mehr als meine Geschwister.

In den Augen meines Großvaters hatte Papa etwas Außerordentliches geleistet. Und mein Vater liebte mich dafür. Weder für meinen Bruder noch für meine Schwester empfand er später die gleiche Zuneigung. Großvater hat sie ja auch nicht so wie mich durchs ganze Dorf getragen und allen zugerufen: »Hier, seht her, das sind meine Enkelkinder! Ich bin ja so stolz auf sie!«

Für meinen Vater war ich folglich etwas Besonderes. Ich war anders als die anderen. So eine Art Wunder, das er vom ersten Tag an liebte, das er mehr als alles auf der Welt liebte, mehr als meine Geschwister, auch wenn das ungerecht war. Mein Bruder und meine Schwester haben sehr darunter gelitten. Sie konnten es nicht verstehen und waren eifersüchtig auf mich. Vielleicht war das mit ein Grund dafür, daß alles so gekommen ist. Ich hatte das Gefühl, mehr wert zu sein als die anderen. Der Liebling meines Vaters zu sein, ihm nahezustehen, nur das zählte für mich. Liebe kann man nie genug bekommen. Und niemand außer meinem Vater konnte mir soviel Liebe geben. Deshalb liebte ich ihn abgöttisch. Er war mein ein und alles. Er war wie ein Gott für mich.

Wenn mein Vater nicht da war, ging es mir nicht gut. Ich

lebte erst wieder auf, wenn er nach Hause kam. Dann war ich glücklich. Sowie er es sich vor dem Fernseher bequem machte, setzte ich mich auf seinen Schoß, und wir sahen zusammen fern. Hatte ich etwas angestellt, drückte er im Gegensatz zu Mama immer ein Auge zu.

Einmal hatte mir meine Mutter Lederschuhe gekauft. Ich zog sie zum Fahrradfahren an, und weil ich keine Bremse hatte, stellte ich zum Anhalten den Fuß auf das Hinterrad. Dabei riß die Sohle ab. Meiner Mutter habe ich aus Angst vor Schelte nichts davon gesagt. Ich versteckte die Schuhe im Schrank. Als Papa nach Hause kam, habe ich ihm alles gebeichtet. Er lachte nur, und am nächsten Tag brachte er sie zum Schuhmacher, ohne meiner Mutter etwas zu sagen. Laury und Sandy hätte er so etwas nicht durchgehen lassen, die hätten eine ordentliche Tracht Prügel bekommen. Aber bei mir war das etwas anderes, ich war eben Nelly.

Solche Kleinigkeiten waren es, die uns zu Verbündeten machten. Im Lauf der Zeit tat Papa viel, um dieses innige Verhältnis zu vertiefen. Er kaufte mir zum Beispiel – gegen den Willen meiner Mutter – Schuhe mit hohen Absätzen. Und er unterhielt sich oft mit mir. Er wollte meine kleinen Geheimnisse teilen und genau wissen, wie es in der Schule lief. Ich konnte über alles mit ihm reden, bloß nicht über Jungs. Man hätte meinen können, er sei eifersüchtig.

Einmal bin ich mit einem Freund in eine stillgelegte Fabrik hinter der Schule gegangen. Wir haben herumgeblödelt, ganz harmlos, und darüber die Zeit vergessen. Wir haben nicht mal die Schulglocke gehört. Irgendwann sagte mein Freund: »Komisch, die Sonne geht ja schon unter.«

Wir rannten in die Schule zurück. Unterwegs fragten wir eine Frau nach der Uhrzeit, und sie sagte, es sei fünf nach sechs. Das werde ich nie vergessen. Ich geriet total in Panik.

Ich ging zum Direktor, und er verwies mich für drei Tage von der Schule.

Meine Mutter schimpfte. »Das wirst du deinem Vater selber sagen.« Ich hatte eine Heidenangst. Als mein Vater nach Hause kam, sagte ich zu ihm: »Papa, ein Freund und ich, wir haben da eine Dummheit gemacht.«

»Was soll das heißen: ein Freund und ich? Hast du etwa mit ihm geschlafen?« Ich war sprachlos. Ich war erst zwölf, und das einzige, was ihm dazu einfiel, war das! »Aber nein, wie kommst du darauf?« stammelte ich. »Doch nicht in meinem Alter. Nein, ich bin von der Schule geflogen. Für drei Tage.«

Da lachte er und meinte: »Das ist doch nicht schlimm. Dann bleibst du eben zu Hause.« Er war überhaupt nicht böse wegen des Schulverweises. Aber die Vorstellung, daß ich mit Jungen zusammen war, ertrug er nicht. Einen Freund durfte seine Kleine nicht haben.

Er sprach über viele persönliche Dinge mit mir, zum Beispiel über seine Arbeit. Meistens aber ging es um ihn und Mama. Ich war so eine Art Vertraute für ihn. Er erzählte mir seine Geheimnisse, wie ich ihm einige von meinen anvertraute. Bald redete er mit mir, als könnte ich alles verstehen, als wäre ich eine Erwachsene, eine Freundin oder seine Mutter, aber nicht seine kleine zwölfjährige Tochter. Er sprach von den Rechnungen, die er nicht mehr bezahlen konnte, von den Schulden für unser Haus. Und er gab meiner Mutter die Schuld daran, daß das Geld nicht reichte. »Deine Mutter ist nicht sehr nett, weißt du. Ständig gibt sie Geld aus für alles mögliche, Essen, Kleidung und so. Wie soll ich das alles bezahlen? Ich schaff' das nicht mehr.«

Diese Gespräche wurden immer vertrauter, und bald ging es um intimere Dinge. Er war überzeugt, daß meine Mutter ihn betrog. Das wurde zu einer fixen Idee. Er sprach von nichts anderem mehr. Er fragte mich, was ich davon hielt, und ob ich etwas wüßte. Natürlich wußte ich nichts, weil es nichts zu wissen gab …

Während er mir alles anvertraute, schenkte er meinem Bruder und meiner Schwester kaum Beachtung. Er nahm sie nie irgendwohin mit. Meine Mutter sagte manchmal zu ihm: »Warum gehst du nicht ein bißchen spazieren mit deinem Sohn? Nimm ihn doch mit auf die Jagd!«

Nichts zu machen, Papa weigerte sich. Er ging lieber mit mir in den Wald. Mit mir schmuste er, mich kitzelte er. Meinen Bruder und meine Schwester ließ er links liegen. Das machte die Ärmsten ganz krank. Aber ich war nun mal Papas Liebling, daran war nicht zu rütteln. Er versicherte mir auch, ich sähe Mama ähnlich, und sagte, ich würde ein bildhübsches junges Mädchen werden.

Zum Geburtstag bekam ich immer ein Geschenk von ihm. Meinen vergaß er nie, den meiner Mutter und meiner Geschwister schon. Ich hielt das trotz allem für normal; mein Vater liebte sein Töchterchen eben. Ich weiß nicht, was dann auf einmal in ihm vorgegangen ist. Jedenfalls veränderte er sich. Alles veränderte sich, und meine glückliche Kindheit hatte ein Ende.

Beinah unmerklich nahm unser Leben eine Wendung. Eine Art Krankheit schlich sich ein, ganz allmählich und mehr oder weniger unaufhaltsam. In mein kleines rosarotes Haus im Wald, in unser bescheidenes Häuschen, das ich so sehr liebte, zog das Unglück ein.

# Ich habe Mama nicht mehr lieb

Mein Vater liebte meine Mutter sehr, aber es war eine merkwürdige Art von Liebe, eine verborgene Liebe. Papa war nicht der Typ, der einer Frau Blumen schenkt, ihr sagt »ich liebe dich« oder ihr Gedichte vorliest. Mein Vater hatte keinen Sinn für Romantik. Aber ich weiß, daß er Mama liebte, er hat es mir gesagt. Selbst nach seiner Wahnsinnstat, als er auf der Gendarmerie in Handschellen vor ihr stand, sagte er zu ihr: »Ich werde dich immer lieben. Ich bereue, was ich getan habe. Ich liebe dich.«

Er hat sie immer geliebt, aber nicht auf eine sichtbare Art und Weise. Ich habe nie beobachtet, daß sie sich geküßt, miteinander gescherzt oder gelacht hätten. Ich glaube, daß diese Distanziertheit für die weitere Entwicklung der Dinge nicht unwesentlich war.

Papa hatte das Gefühl, Mama liebe ihn nicht, und er litt sehr darunter. Mir tat es weh, ihn so traurig und niedergeschlagen zu sehen. Im Grunde meines Herzens gab ich meiner Mutter die Schuld daran, daß Papa unglücklich war. Das nahm ich ihr sehr übel. Auf den Gedanken, mein Vater könnte im Unrecht sein, kam ich gar nicht.

Bevor Papa mir das alles gesagt hatte – daß Mama ihn nicht liebte, daß sie ihn betrog (was nicht stimmte), daß sie nicht mehr miteinander intim waren (er vertraute mir wirklich alles an) –, hatte ich meine Mutter sehr gern gehabt. Danach kühlte unser Verhältnis merklich ab. Ich hatte kein Vertrauen mehr zu ihr. Ich zweifelte an ihr. Das brachte mich meinem Vater noch näher, denn irgend jemand mußte den Verlust ja ausgleichen. Je größer also die Kluft zwischen mir und meiner Mutter wurde, desto enger wurde das Verhältnis zu meinem Vater.

Wenn Mama mich fragte: »Kommst du mit zum Einkaufen?«, antwortete ich: »Nein, ich bleib' lieber bei Papa. Du kannst ja Laury oder Sandy mitnehmen. Ich bleib' hier.«

Ich wollte nirgends mehr mit ihr hingehen. Ich wollte nicht mit ihr allein sein. Worüber sollte ich mit ihr reden? Ihre Gesellschaft war mir unangenehm. Vielleicht sah ich in ihr nach allem, was mein Vater mir erzählt hatte, eine Feindin. Ich war jedenfalls davon überzeugt, daß sie ihm das Leben schwermachte – weil er es mir eingeredet hatte. Und zu guter Letzt bildete ich mir ein, sie schade nicht nur ihm mit ihrem Verhalten, sondern auch mir. Unbewußt muß ich mir gesagt haben: »Ich werde mich an ihr rächen.«

Meine Mutter verstand nicht, weshalb ich plötzlich so aggressiv, so gehässig war. Sie wußte ja nicht, was Papa mir alles erzählte: die Schulden, die Männer und so weiter. Sie bemühte sich um ein gutes Verhältnis zu mir, aber ich wollte nicht. Papa hatte mir gesagt, mein Bruder und meine Schwester stünden ihr viel näher als ich, und da rächte ich mich eben, indem ich sie zurückstieß. So kam es, daß wir uns einander völlig entfremdeten. Vielleicht haßten wir uns sogar – was meine Gefühle anbelangte, traf das sicherlich zu.

Ich hatte keine Hemmungen, sie hinter ihrem Rücken zu beschimpfen. Ich brummte zum Beispiel vor mich hin: »Du bist doch eine blöde Kuh.« Ich sagte das so oft, bis ich es schließlich glaubte. Irgendwann betrachtete ich sie nicht mehr als Mutter, sondern als eine Frau, die da war, um den Haushalt zu versorgen und sich um meine Geschwister zu kümmern. Und mich störte sie, mich störte sie ganz entsetzlich. Papa sagte mir immer wieder, wir zwei allein wären viel glücklicher, weil uns hier ja doch niemand lieb hätte, schon gar nicht Mama, die ihm so weh tat. Zum Schluß habe ich das selber geglaubt.

Die Dinge waren freilich viel komplizierter, als ich das hier geschildert habe. In dem kleinen Haus, das ich so sehr liebte, wurde die Situation unerträglich, sie hatte etwas Perverses. Aber wie hätte ich das mit meinen zwölf Jahren erkennen sollen? Wir lebten auf engem Raum, in vier Zimmern, unserer kleinen Welt, fern von allem, und erfuhren nur aus dem Fernsehen, was draußen vor sich ging. Fernsehen war unsere einzige Ablenkung. Für mich war alles ganz klar. Unsere Familie war in zwei Lager gespalten: auf der einen Seite Papa und ich (wir liebten uns), auf der anderen Mama mit Sandy und Laury (sie liebten sich, aber nicht uns). So sah ich die Dinge, weil Papa sie mir so erklärt hatte.

Meiner Meinung nach hat mein Vater uns oft benutzt, um sich an meiner Mutter zu rächen. Wenn er ihr weh tun wollte, schikanierte er uns Kinder, vor allem meinen Bruder und meine Schwester, an denen sie sehr hing. Er wußte, daß die Kinder ihr ein und alles waren. Und so trugen sie ihre Streitigkeiten auf unserem Rücken aus. Wenn Papa Krach mit Mama hatte, ließ er seine Wut an uns aus, um sie zu ärgern.

Ich weiß noch, eines Nachts mitten im Winter – wir waren noch ganz klein – kam er wie ein Irrer in unser Zimmer gestürmt und riß die Fenster sperrangelweit auf. Er tobte und weckte uns mit seinem Geschrei, und Mama eilte aufgeregt herbei. Sie hatten sich nämlich gestritten, und anstatt nun die Angelegenheit mit meiner Mutter auszufechten und in seinem Zorn vielleicht zu weit zu gehen (im Wohnzimmer hing eine

Jagdflinte), bestrafte er lieber uns Kinder, indem er uns aus dem Schlaf riß und trotz der Kälte die Fenster aufsperrte. Auf diese Weise, das heißt auf dem Umweg über uns, konnte er meiner Mutter eins auswischen. Sie zu schlagen traute er sich nämlich nicht. Er hatte Angst vor den Folgen. Er war ein einziges Mal, als sie noch jung verheiratet waren, handgreiflich geworden, und da hatte sie ihm gedroht: »Wenn du mich noch einmal schlägst, verlasse ich dich, und die Kinder nehme ich mit. Spätestens wenn Sandy volljährig ist, werde ich mich sowieso von dir scheiden lassen«, hatte sie hinzugefügt.

Mein Vater wußte also, daß meine Mutter nur unseretwegen bei ihm blieb. Und er wußte auch, wie sehr sie uns liebte. Wir waren das beste Druckmittel, die stärkste Waffe, die er gegen sie in der Hand hatte. Und er machte Gebrauch davon. Er benutzte uns, um meiner Mutter weh zu tun und sie an sich zu binden, wenigstens solange, bis wir volljährig wären. Das alles habe ich erst hinterher erfahren. Eigentlich ist es mir heute erst so richtig klargeworden.

Damals aber sah ich das Leben – unser Leben – ausschließlich durch die Augen meines Vaters. Ich liebte ihn. Darin bestand für mich kein Zweifel. Ich liebte ihn, wie ein kleines Mädchen seinen Vater nur lieben kann, aber nicht wie ein Erwachsener einen anderen Erwachsenen. Ich war rundherum glücklich. Daß sich meine Eltern nicht sonderlich gut verstanden, belastete mich nicht allzusehr. Ich war ein fröhliches Kind, ich hatte viel Spaß und lachte gern. Und, was für mich das wichtigste war, ich hatte eine Familie. Ich konnte einen Vater und eine Mutter vorweisen und einen Großvater und eine Großmutter obendrein. Ich weiß noch, in der Schule gab es Mädchen, die einen niedergeschlagenen Eindruck machten, und wenn man sie fragte, was sie denn hätten, antworteten sie: »Meine Eltern haben sich scheiden lassen.«

»Meine Eltern sind nicht geschieden«, erwiderte ich dann ganz stolz. »Sie sind immer noch zusammen, und sie werden immer zusammenbleiben.«

Davon war ich trotz der ewigen Streitereien fest überzeugt, weil meine Mutter ständig betonte, wie wichtig eine Familie für ein Kind sei. »Ein Kind muß einen Vater und eine Mutter haben. Es braucht beide Eltern«, sagte sie immer wieder. Und da Papa beteuerte, er liebe Mama trotz allem, was sie ihm antue, dachte ich, es würde schon irgendwie weitergehen wie bisher auch. Ich würde Papa über die schlechten Zeiten, wenn Mama ihn schikanierte, hinweghelfen, indem ich besonders lieb zu ihm sein würde. Im Grunde war alles ganz einfach. Das war nur eine Frage der Organisation.

Jeder hatte seine Rolle: Papa brachte das Geld nach Hause und liebte mich. Mama hatte ein Pflegekind, ein kleines Mädchen namens Leila, aufgenommen, um das sie sich kümmerte; außerdem führte sie den Haushalt und war für Laury und Sandy zuständig. Meine Geschwister wiederum hatten die Aufgabe, Mama zu lieben. Sie würden ihr zur Hand gehen, bis wir groß waren. Und ich, ich war für Papa da. Ich wollte ihm Kraft geben, damit er durchhielt. Nicht aus Berechnung, sondern weil ich ihn wirklich liebte.

Papa hat grüne Augen, wunderschöne grüne Augen, und braunes Haar. Er ist groß, kräftig, muskulös. Ein stattlicher Mann, aber keiner, der einem Angst einjagte. Im Gegenteil, auf ein kleines Mädchen wie mich wirkte er beruhigend. Er war, wie soll ich sagen, ein attraktiver Mann. Wenn ich Freundinnen mit nach Hause brachte, plauderte und scherzte er mit ihnen. Ich war ungeheuer stolz auf ihn, ich genoß es, ihn als meinen Vater vorzustellen. Nicht, daß er wirklich Format gehabt oder sich besonders schick gekleidet hätte; ich meine, wir hatten nur ein bescheidenes Auskommen. Aber er hatte etwas, das mich mit Stolz erfüllte; vielleicht war es meine Liebe zu ihm.

Diese Zuneigung, die uns verband, muß ich näher beschreiben. Es war Zärtlichkeit. Papa war zärtlich und liebevoll, und er war immer für mich da. Ich wußte, ich konnte mit allen meinen Sorgen zu ihm kommen. So jemand zu haben ist für ein Kind eine tolle Sache. Aber das galt nur für mich, nicht für meine Geschwister. An ihnen zeigte er kein Interesse, ihnen schenkte er keine Aufmerksamkeit und hatte auch keine Geduld mit ihnen.

Einmal fiel meine Schwester auf dem Schotterweg vom Rad. Sie blutete am Kinn und weinte und schrie. Als sie nach Hause kam, stand mein Vater nicht einmal auf. Er sah das tränenüberströmte, blutverschmierte Gesicht seiner Tochter und war der Meinung, das sei nicht so schlimm. Zum Glück war meine Mutter gleich zur Stelle. Sie fuhr Sandy ins Krankenhaus zur Unfallstation. Die Wunde mußte mit drei Stichen genäht werden. Meinen Vater ließ das völlig kalt.

Ich reagierte ähnlich auf die Sorgen und Nöte meiner Mutter und meiner Geschwister. Wenn sie krank waren, sorgte ich mich nicht weiter um sie. Aber wenn es Papa nicht gutging, war mir nichts zuviel für ihn. Ich brachte ihm das Essen ans Bett, schlug die Decke zurück, wenn er schwitzte, deckte ihn eilig wieder zu, wenn er fror. Ich las ihm jeden Wunsch von den Augen ab. Ich war seine kleine Krankenschwester. Man könnte das als eine Art Spiel zwischen uns bezeichnen. Wir seien wie »Vater und Mutter«, sagte Papa dann immer, und er fügte hinzu, daß ich »Mamas Platz einnähme«. Ich war ein richtiges kleines Frauchen …

Der Satz setzte sich in meinem Kopf fest. Ich wußte zwar nicht genau, was Papa damit meinte, aber nach einer Weile hielt ich mich tatsächlich für die Frau im Haus. Und als Mama den Unfall hatte und ins Krankenhaus mußte und ich mich um den Haushalt kümmerte, kochte und meine Geschwister versorgte, da habe ich wirklich ihren Platz eingenommen. Ich wurde sozusagen unter dem Zwang der Verhältnisse offiziell zur Mutter ernannt.

In dieser Phase war, glaube ich, alles noch normal. Es schien irgendwie selbstverständlich, daß ich die Rolle der Hausfrau übernahm, und ich denke, das wäre in einer anderen Familie nicht anders gewesen: Die Älteste muß dem Vater zur Hand gehen, wenn die Mutter nicht da ist.

Erst später wurde ich nicht mehr mit der Situation fertig. Ich geriet in Panik, ich ... Aber wie hätte ich denn ahnen können, was in meinem Vater vorging? Ich war noch nicht mal zwölf. Mama war fortgegangen und hatte praktisch alles mir überlassen, dem »kleinen Frauchen«. Und Papa verlangte soviel von mir, stellte so hohe Ansprüche an mich. Ganz zu schweigen von meinen jüngeren Geschwistern, die mich ständig erwartungsvoll ansahen. Jetzt, wo Mama im Krankenhaus war, mußte ich ihnen die Mutter ersetzen.

Die Beziehung zu meinem Vater änderte sich nach dem Autounfall meiner Mutter. In Suze-la-Rousse war ihr jemand hintendraufgefahren. Mein Vater fuhr sofort hin. Sein erster Gedanke galt seinem Fiat: »Schau dir bloß mal den Wagen an! Wo sollen wir denn das Geld für einen neuen hernehmen? Das ist ja eine schöne Bescherung!«

Dabei war meine Mutter überhaupt nicht schuld an dem Unfall. Und sie war verletzt. Aber Papa würdigte sie keines Blickes. Er fragte sie nicht einmal, ob sie etwas abbekommen habe. Sie fuhren heim.

Am anderen Tag mußten wir den Arzt holen. Mama hatte fürchterliche Kopfschmerzen. Und sie war ganz depressiv, sie weinte dauernd. Es stellte sich heraus, daß sie sich an den Halswirbeln verletzt hatte und außerdem mit dem Nervensystem irgend etwas nicht in Ordnung war. Sie litt an einer nervösen Erschöpfung. Vielleicht als Folge des Unfalls. Vielleicht aber auch aufgrund unserer häuslichen Situation.

Jedenfalls war sie in Behandlung und nahm alle möglichen Tabletten, Beruhigungspillen und Antidepressiva. Ihr Zustand verschlechterte sich. Zu guter Letzt wurde sie ins Krankenhaus eingeliefert, in ein Sanatorium, wo sie einen Monat blieb.

Obwohl wir in den letzten Jahren in offener Feindschaft gelebt hatten, fehlte sie mir an allen Ecken und Enden. Wir waren jetzt zu fünft daheim, ohne Mama und ohne »Frau«: Papa, Laury, Sandy, Leila und ich. Ein merkwürdiges Gefühl. Zweimal die Woche kam eine Familienhelferin zu uns. Großmutter Mireille, die ganz in der Nähe wohnte, und Josiane, Mamas Mutter, sahen ebenfalls nach dem Rechten, sooft sie konnten, aber das war nicht oft, weil beide schlecht zu Fuß waren. Sosehr sie sich auch bemühten, eine Mutter konnten sie eben nicht ersetzen, und so herrschte bald das totale Chaos.

Es kam alles zusammen. Die Dinge wuchsen mir über den Kopf. Plötzlich lastete die Verantwortung für die ganze Familie auf mir. Mein Vater, der starke Mann, der Kleiderschrank, erwies sich als unfähig, seinen Verpflichtungen nachzukommen. Er war mir keine Hilfe. Er konnte nicht mal ein Ei kochen. Er war nicht fähig, sich um Laury und Sandy zu kümmern; ich glaube, er war nicht einmal fähig, sie zu lieben. Meine Einstellung zu den beiden änderte sich rasch. Bald liebte ich sie wie eine Mutter. Ich verwöhnte sie mit selbstgebackenem Kuchen und schmuste mit ihnen, was ich vorher nie getan hatte.

Mir blieb gar nichts anderes übrig, als die Dinge selbst in die Hand zu nehmen und zu sehen, wie ich damit fertig wurde. Eine sonderbare Situation: Das kleine zwölfjährige Mädchen, das seine Mutter nicht mehr liebte, mußte von einem Tag zum anderen ihren Platz einnehmen. Mit allen Konsequenzen.

Da ich keine andere Wahl hatte, beschloß ich, eine richtige Mama zu sein. Darunter verstand ich kochen – Steak, Omelette und Risotto –, die Kleinen versorgen, putzen, waschen, bügeln, lieb sein zu meinen Geschwistern und zu Papa. Und mich um Leila, unsere Pflegetochter, zu kümmern. »Mein Baby« nannte ich sie. Eine Menge Arbeit und viel Zärtlichkeit für alle, das verstand ich unter Mutter sein.

Ich wußte nicht, daß noch mehr dazugehörte … Eine Sache, die nach dem Einkaufen kommt, nach dem Abendessen und dem Aufräumen … Eine Sache, von der ein kleines Mädchen nichts wissen, die es nicht verstehen kann … Eine Sache, die Papa – zusätzlich zu allem anderen – von mir verlangen würde. Ich glaube, er dachte schon eine ganze Weile daran. Er sagte nämlich: »Eines Tages werden wir beide heiraten, du und ich.« Das sei überhaupt kein Problem, meinte er, in anderen Ländern sei das durchaus üblich.

# Die kleine Frau

Mama war im Sanatorium. Sie machte eine Schlafkur. Sie wurde wegen einer nervösen Erschöpfung behandelt, nahm Medikamente, Schlaftabletten, Antidepressiva ein. Wir hörten in unregelmäßigen Abständen von ihr, wußten aber nicht genau, was ihr eigentlich fehlte, ob sie krank war oder an den Folgen des Unfalls litt. Sie war jedenfalls nicht da und würde noch eine ganze Weile fortbleiben. Und wir vermißten sie, Laury, Sandy und ich auch, obwohl ich geglaubt hatte, ich hätte sie überhaupt nicht mehr lieb. Trotz allem ging das Leben weiter.

Meinem Vater stand ich noch näher als früher. Zum einen, weil ich jetzt noch öfter mit ihm allein war, zum andern, weil die Kluft zwischen ihm und meinen Geschwistern ständig größer wurde. Er kümmerte sich in keiner Weise um sie. So als gingen sie ihn gar nichts an. Er interessierte sich ausschließlich für mich, seine kleine Prinzessin.

Von da an begann es wirklich auszuarten. Aber das begriff ich erst später. Anfangs dachte ich mir nichts dabei, ich fand es eher süß. Mein Vater küßte mich oft. Auf den Mund. Er gab mir einen flüchtigen Schmatz, einfach so, und ich sagte nichts und machte mir auch keine Gedanken deswegen. Im Fernsehen sieht man auch Väter, die ihre Töchter auf den Mund küssen. Für mich war das also kein Grund, der Sache übertriebene Bedeutung beizumessen. Es dauerte jedoch nicht lange, da genügte der flüchtige Schmatz nicht mehr, und er küßte mich ganz komisch, fast so, wie ein Junge ein Mädchen küßt.

Großmutter Mireille fiel das merkwürdige Benehmen meines Vaters eines Tages auf. Er hatte es sich angewöhnt, die Hand auf meinen Po zu legen, wenn ich an ihm vorbeiging, am Herd stand oder putzte. Und er küßte mich dauernd auf die Wange, wobei er manchmal meine Lippen streifte. Großmutter sah diese Dinge nicht gern, sagte aber nichts. Sie nahm das genausowenig ernst wie ich. Schließlich liebte mein Vater mich abgöttisch, weshalb sollte er mir nicht seine Zuneigung zeigen?

Ich protestierte nicht. Für mich waren das harmlose Zärtlichkeiten. Etwas ganz Natürliches zwischen Vater und Tochter. Auf keinen Fall etwas Schlimmes. Papa würde doch nie etwas tun, das mir schaden könnte! Außerdem gefiel ihm mein Po. Ich hätte einen hübschen runden kleinen Hintern, meinte er immer wieder, und ich mußte jedesmal lachen. Ich fand wirklich nichts dabei, ich meine, es handelte sich doch um meinen Vater! Wie hätte ich da mißtrauisch werden sollen? Und doch hat alles so angefangen, damals, als meine Mutter im Sanatorium war. Niemand schöpfte Verdacht. Niemand dachte sich etwas Böses dabei. Wer vermutet schon ein Drama hinter soviel Zärtlichkeit?

In seiner Phantasie sah mein Vater die Dinge bereits ganz anders. Er sagte so merkwürdige Sachen, zum Beispiel: »Wir lieben uns, das ist eine Liebesgeschichte zwischen uns. Die Geschichte einer ausweglosen Liebe, wenn man so will.«

Er verglich uns mit Romeo und Julia, von denen er mir oft erzählte. Aber bei den beiden handelte es sich nicht um Vater und Tochter, das wußte ich.

Papa bot mir auch an, ins Ausland zu gehen, damit wir heiraten könnten. »In manchen Ländern ist es üblich, daß der Vater die Tochter heiratet«, behauptete er. Darüber wußte ich nichts. Ich hatte keine klare Vorstellung von diesen Dingen, und sie waren auch nicht wichtig für mich. Das waren nichts als Worte, hübsche Geschichten, so was wie Märchen …

Erst dachte ich, warum sollte es eine Liebesgeschichte zwischen Vater und Tochter nicht geben, es waren doch bloß ein paar harmlose Küsse. Aber mein Vater ließ es nicht dabei bewenden. Seine Zärtlichkeiten wurden aufdringlicher, schamloser. Ich fühlte mich in die Enge getrieben. Ich ahnte Böses. Nur, was sollte ich machen?

Wenn wir um fünf von der Schule kamen, war mein Vater noch nicht zu Hause. Es blieb also mir überlassen, Laury und Sandy bei den Hausaufgaben zu beaufsichtigen. Meine eigenen blieben liegen. Aber jemand mußte sich ja um die Kleinen kümmern, und außer mir war niemand da. Und die beiden erwarteten von mir, daß ich für sie sorgte wie eine richtige Mutter. Ich half ihnen also bei den Schularbeiten, schickte sie dann unter die Dusche, und während sie im Bad waren, machte ich etwas zu essen und deckte den Tisch. Ich mußte sie sogar abtrocknen und ihnen in den Schlafanzug helfen, obwohl sie das sehr gut allein gekonnt hätten. Aber sie wollten mir damit eben zu verstehen geben, daß sie mich brauchten. Mir gefiel unsere neue Beziehung, ich fand dieses Gefühl der Zusammengehörigkeit, diese wiederentdeckte Zuneigung wunderbar.

Um Leila kümmerte ich mich natürlich auch, sie war ja noch ganz klein. Nachdem ich die Wäsche gewaschen, zum Trocknen aufgehängt und gebügelt hatte, richtete ich den Kindern alles für den nächsten Schultag her. Und danach mußte ich noch meine Schularbeiten machen.

Mein Vater saß vor dem Fernseher. Ich beklagte mich

nicht, und für ein Mädchen, das von den Ereignissen völlig überrascht worden war, machte ich meine Sache recht ordentlich. Ich habe mir alles selbst beigebracht. Meiner Mutter hatte ich früher oft beim Kochen zugesehen, und wenn ich gar nicht mehr weiterwußte, rief ich meine Großmutter an. Sie erklärte mir dann, was ich tun mußte, und gab mir Tips und Rezepte. Sie wäre sicher öfter gekommen, um zu helfen, wenn ich sie darum gebeten hätte, aber Papa wollte das nicht. Ihm war es lieber, wir blieben für uns. Und so wurstelte ich mich eben allein durch.

Anfangs fand ich das toll, und es machte mir richtig Spaß, die Hausfrau zu spielen. Aber bald wuchs mir die Arbeit über den Kopf. Sogar die Einkäufe erledigte ich, jeden Samstag. Mir wurde klar, das war kein Spiel mehr. Was ich zu leisten hatte, war nicht mehr normal und nicht mehr zu schaffen. Ich bekam Probleme in der Schule. Es gelang mir nicht, Haushalt und Schule unter einen Hut zu bringen. Ich fühlte mich total überfordert, und zu Hause sah es bald nicht mehr so ordentlich und sauber aus wie in der ersten Zeit. Aber jemand mußte sich ja um alles kümmern, und so versuchte ich, so gut es eben ging, über die Runden zu kommen. Eine andere Lösung gab es nicht. Daß ich für meinen Vater die Rolle meiner Mutter übernahm, das begann zu jenem Zeitpunkt erst richtig. Er sah in mir, in allem, was ich machte, meine Mutter. Ich glaube, das war die Ursache: Er steckte Mama in meine Haut. Von da an war ich – im Haus und in seinem Kopf – wirklich sein kleines Frauchen. Vielleicht sogar seine Frau: Er redete nämlich immer noch vom Heiraten. Und da er nicht verrückt war, sondern ein ganz normaler, vernünftiger Mann, dachte ich zu guter Letzt, wenn er das sagt, wird es schon stimmen. Große Lust hatte ich allerdings nicht dazu, weil ich nicht einsah, wozu das gut sein sollte.

In meinen Augen war ich jedenfalls kein kleines Mädchen mehr. Und in seinen nicht länger seine Tochter. Damals habe ich das nicht begriffen, weil mir so was nie in den Sinn gekommen wäre: ein Vater, der seine Frau durch seine Tochter ersetzt, der beide miteinander verwechselt! Ein ganz normaler Vater, und dennoch brachte er alles durcheinander.

Auch wenn mir vieles merkwürdig vorkam und nicht ganz geheuer war, habe ich in ihm nie etwas anderes als einen Vater gesehen. Ich hatte einen Papa, und den liebte ich, was sollte ich mit einem Ehemann? Für mich hatte sich, was unsere Familie betraf, alles zum Guten gewendet. Ich meine zum Beispiel mein neues Verhältnis zu Laury und Sandy. Ich hatte entdeckt, wie zerbrechlich, wie empfindsam sie waren, wieviel Liebe sie geben konnten. Mir war klargeworden, welchen Platz sie in unserem Haus und in unseren Herzen einnehmen sollten. Ich liebte sie endlich so, wie es sich gehörte. Gleichzeitig begriff ich, was für eine Verantwortung ich, die Älteste, ihnen gegenüber hatte. Sie weckten so eine Art Beschützerinstinkt in mir, und ich sah es als meine Aufgabe an, ihnen zu helfen und sie zu führen.

Ich glaube, ich ging völlig auf in dieser Rolle. Anfangs wahrscheinlich deshalb, weil ich das Gefühl hatte, daß ich den Platz einnahm, der eigentlich meiner Mutter zustand, und das gefiel mir. Ich weiß, es ist nicht nett, so etwas zu sagen, aber so war es nun mal. Außerdem war mein Vater sichtlich zufrieden mit mir. Und für mich gab es im Grunde nichts Wichtigeres, als meinem Vater eine Freude zu machen. Später dann, ziemlich bald schon, überwog mein Verantwortungsbewußtsein meinen Geschwistern und Leila gegenüber. Da war keine Eifersucht, kein Konkurrenzdenken mehr im Spiel. Ich fühlte mich einfach verantwortlich und wollte, ohne jeden Hintergedanken, für die Familie sorgen, bis Mama zurückkam. Keiner sollte benachteiligt werden, jedem wollte ich gleich viel Liebe und Aufmerksamkeit schenken. Die Familie durchbringen, bis Mama wieder nach Hause kam – das betrachtete ich als meine persönliche Herausforderung, als meine Rolle.

Papa sah das nicht so. Er hatte mir eine andere Rolle zugedacht. Und seinen anderen Kindern gar keine. Er beachtete sie immer weniger. Laury und Sandy litten schrecklich darunter. In der Schule hatte Laury schwer nachgelassen, aber das kümmerte Papa nicht im geringsten. Er interessierte sich nach wie vor nur für seine kleine Prinzessin.

Im Gegensatz zu meinen Geschwistern fand ich es also zunächst gar nicht schlimm, ohne Mutter auskommen zu müssen. Im Gegenteil, ich genoß die Situation sogar. Das änderte sich jedoch schnell, und ich wünschte mir nichts sehnlicher, als daß sie endlich wieder nach Hause käme. Sie fehlte mir, auch wenn ich es mir nicht eingestehen wollte. Ich spürte, wie ich den Boden unter den Füßen verlor, wie ich allmählich kaputtging in der Rolle, die mein Vater für mich vorgesehen hatte. Ich versuchte mein Bestes, aber eine erwachsene Frau, eine junge Mutter zu spielen überforderte mich einfach.

Ich bekam es mit der Angst zu tun. Wenn das noch lange so weiterginge, würde es mir wie Mama ergehen, und ich würde in Depressionen verfallen. Ich wußte nicht mehr ein noch aus, ich wußte nicht einmal mehr, wer ich war. Ein Kind oder eine erwachsene Frau? Ich tat Dinge, mit denen ich unbewußt auf meine verzweifelte Situation hinweisen wollte. Ich sandte Hilferufe aus, aber niemand hörte sie. Ich schnitt mir zum Beispiel meine schönen langen Haare ab. War das ein Signal, um auf mich aufmerksam zu machen? Oder im

Gegenteil der Versuch, eine Frau zu sein, eine richtige Frau mit dem Gesicht einer Frau? Vorher sah ich aus wie ein Kind. Die kurzen Haare machten mich ein, zwei Jahre älter. Rein äußerlich. Ich veränderte mich auch körperlich, bekam Brüste. Meine Haare abzuschneiden bedeutete, mich in jemand anderen zu verwandeln. In eine erwachsenere, stärkere Nelly …

In Wirklichkeit war Nelly total aus der Bahn geworfen worden, weil die Last zu schwer für sie war. Soviel darf man von einem kleinen Mädchen einfach nicht verlangen. In der Schule, wo ich nie Probleme gehabt hatte, immer eine gute Schülerin gewesen war, ging überhaupt nichts mehr. Die reinste Katastrophe. Ich konnte mich überhaupt nicht mehr konzentrieren im Unterricht. Ich hatte nur einen Gedanken: Hoffentlich kommt Mama bald nach Hause! Obwohl unser Verhältnis nicht das beste war, faßte ich mir ein Herz, rief sie an und sagte: »Du mußt so schnell wie möglich nach Hause kommen, ich kann nicht mehr.« Ich wußte, nur ihre Rückkehr würde mich retten und diese undefinierbare Gefahr, in der unsere Familie schwebte, abwenden können. Worin diese Bedrohung bestand, konnte ich nicht sagen, ich spürte eher instinktiv, daß sich etwas Unheilvolles zusammenbraute. Und so klammerte ich mich eben an die Hoffnung, daß alles gut werden würde, sobald Mama wieder da war. Das war mein Strohhalm.

Mein Vater schien sich überhaupt keine Gedanken zu machen. Er fand alles wunderbar, so wie es war. Er war glücklich mit seiner kleinen Nelly. Er wurde auch nicht stutzig, als ich mir die Haare abschnitt. Kurzes Haar, kleine Brüste – für ihn bedeutete das, daß ich größer, erwachsener wurde. Eine Frau eben. Bald würde ich zu dem Namen passen, den er mir schon vor langer Zeit gegeben hatte.

Großmutter Mireille redete Papa ins Gewissen. Es sei nicht meine Aufgabe, mich um alles zu kümmern, sagte sie, ich sei noch zu jung, er dürfe nicht alles mir überlassen. Er hörte gar nicht hin. Es interessierte ihn überhaupt nicht. Leider stand ich Mireille zu jener Zeit nicht mehr so nahe wie früher. Andere Enkelkinder waren geboren worden, ich war nicht länger einzigartig, das Wunder der Familie. Wir hatten uns ein wenig aus den Augen verloren und nur noch selten Kontakt. Sonst wäre vielleicht alles anders gekommen. Gemeinsam hätten wir die Situation vielleicht durchschaut und sie gemeistert, den Dingen einen Riegel vorgeschoben. Aber da ich außer meinem Vater niemanden hatte, dem ich mich anvertrauen konnte, mußte ich die Antwort auf gewisse Fragen selbst finden. Das war nicht leicht.

Da wurde nun allmählich eine kleine Frau aus mir, aber das einzige, wofür ich mich eigenartigerweise nicht interessierte, waren Jungen. Ich konnte im Grunde wenig mit ihnen anfangen. Einen kannte ich, mit dem verstand ich mich gut, aber mein Vater hatte gemeint, ich solle mich vor ihm in acht nehmen. Und nicht nur vor ihm, sondern vor Jungs im allgemeinen. Ich glaube, am liebsten hätte er mir den Umgang mit ihnen verboten. Und da ich meinen Vater liebte und ihm vertraute, begegnete ich jedem Jungen mit Mißtrauen.

Dann lernte ich aber doch einen kennen, den ich einfach umwerfend fand. Er war so alt wie ich und wirklich süß. Er tat sehr erwachsen, aber ich hätte wetten können, daß er noch mit seinem Teddy im Arm schlief. Eines Tages haben wir uns geküßt. Als ich es meinem Vater erzählte – so wie ich ihm alles erzählte, ohne mir etwas dabei zu denken –, wurde er furchtbar wütend. Ich sei wohl übergeschnappt, schrie er mich an, was mir denn einfiele, ich hätte kein Recht dazu. Ich glaube, er war eifersüchtig. Eifersüchtig auf den Jungen, der genauso alt war wie ich. Ich begriff nicht, weshalb er sich so aufregte. Diesen einen Kuß konnte man doch nicht mit meiner Zuneigung zu ihm vergleichen! Aber ihm machte das unwahrscheinlich zu schaffen. Er konnte den Gedanken nicht ertragen.

Nicht lange nach unserem Streit hat mein Vater mich geküßt, aber anders als bisher. Nicht wie ein Vater seine Tochter, sondern wie ein Junge seine Freundin. Dieser Kuß war unzweideutig, da gab es nichts mehr mißzuverstehen. Ich war zwölf damals. Einen Gleichaltrigen durfte ich nicht küssen, aber mein Vater hatte das Recht, mir einen richtigen Zungenkuß zu geben.

Als mich zum erstenmal ein Junge küßte, war ich glücklich. Was für ein tolles Gefühl! Ich war kein Kind mehr, sondern ein junges Mädchen. Ich war selig. Alle meine Probleme zu Hause erschienen mir plötzlich nicht mehr so wichtig. Ich hatte jetzt andere Dinge im Kopf. Ich konnte mitreden, ich war wie die andern, wie meine Schulkameradinnen, die alle einen Freund hatten und immer gut drauf waren. Und genau das hat mein Vater nicht ertragen. Er hatte Angst, ich würde ihn allein lassen, und dann wäre da niemand mehr, der ihn liebt. Und aus unserer Heirat würde natürlich auch nichts werden!

Mit seinen hirnrissigen, abartigen Ideen hat er mir jene Zeit, den Beginn meiner Pubertät, verdorben. Ich war doch gerade erst im Begriff, mich zu verändern, weibliche Formen anzunehmen, einen Busen, Schamhaare zu bekommen. Ich war doch gerade erst im Begriff, die Kinderschuhe abzustreifen.

Der Übergang von der Kindheit zur Jugend ist eine bedeutsame Phase. Es ist die schönste Zeit des Lebens, die Zeit der großen Emotionen, der Veränderungen, die Zeit, in der es soviel Neues zu entdecken gibt. Aber das galt nicht für mich. Ich hatte weder das Recht noch die Muße, an solche Dinge zu denken oder zu beobachten, wie ich heranwuchs. Ich hatte andere Sorgen, ich mußte mich um Wichtigeres kümmern als um mich selbst und meine Entwicklung.

Wenn ich heute darüber nachdenke, muß ich sagen, ich finde es sehr traurig, daß ich diese Übergangsphase von der Kindheit zur Jugend nicht erleben durfte. Ich war Nelly, das kleine Mädchen, und eines Morgens wachte ich auf und war Nelly, die Frau. Es ist alles viel zu schnell gegangen. Innerhalb von vier Wochen – seit Mama im Krankenhaus war – hatte sich mein Leben radikal verändert. Noch einmal flehte ich meine Mutter an, so schnell wie möglich nach Hause zu kommen.

# Wie ein Überfall

Wäre meine Mutter nicht krank geworden, wäre es nie so weit gekommen. Mama hätte gesehen, was los war, sie hätte meinen Vater durchschaut. Ich ahnte zwar dunkel, daß sein Verhalten nicht normal war, aber sicher war ich mir nicht. Ich fragte mich, wie andere Väter mit ihren Töchtern umgingen. Was sollte ich tun? Mit wem konnte ich darüber reden? Wie sollte ich mich meinem Vater gegenüber verhalten? Ich hatte niemand, dem ich mich hätte anvertrauen können. In meiner Ratlosigkeit suchte ich die Schuld bei mir. Vielleicht hatte ich die Dinge auf die Spitze getrieben, hatte mich zu sehr in meine Rolle als kleine Frau hineingesteigert. Ich hatte es hingenommen, daß Papa mich auf den Mund küßte oder mir den Po tätschelte. Ich, Nelly, zwölf Jahre, hatte es versäumt, ihn in die Schranken zu weisen.

Und jetzt war es zu spät. Ich konnte die Entwicklung nicht mehr aufhalten. Ich brachte es nicht über mich, meinem Vater zu sagen, daß er offensichtlich den Verstand verloren hatte. Er war ja nicht gewalttätig, aber irgend etwas stimmte bei ihm nicht. »Das ist nicht richtig, was du da tust!« hätte ich ihm sagen müssen. »Das darfst du nicht!« Aber ich schaffte es nicht. Ich war total durcheinander, völlig verunsichert. Die Situation überforderte mich einfach. Ich sah keinen Ausweg. Ich war, wie soll ich sagen, in ein Räderwerk geraten, das in Gang gesetzt worden und nicht mehr zu stoppen war. Ich war machtlos.

Die Bewunderung, die tiefe Zuneigung, die ich nach wie vor für meinen Vater empfand, machten es mir noch schwerer, die Dinge richtig einzuschätzen. Aber wie sollte ich ihm begreiflich machen, daß meine Gefühle für ihn nicht vergleichbar waren mit jenen für einen Gleichaltrigen?

Papa behauptete unterdessen weiterhin, das sei völlig normal. Er verglich uns mit Romeo und Julia und meinte, das sei sehr schön mit uns. Ich fand es abstoßend. Außerdem fiel mir auf, daß er sich in Gegenwart von Fremden zurückhielt und mich nur anfaßte, wenn wir allein waren. Also tut er doch etwas Verbotenes, etwas Schlechtes, sagte ich mir. Meine Zweifel wuchsen. Aber ich konnte doch nicht zu meiner Großmutter gehen und fragen: »Ist das eigentlich normal, daß Papa mich auf den Mund küßt?«

Heute weiß ich, es war eine Riesendummheit – mein einziger Fehler –, daß ich den Mund gehalten habe. Durch mein Schweigen habe ich es meinem Vater erst ermöglicht, bis zum Letzten zu gehen. Ich hätte ihn zurückstoßen, hätte nein sagen sollen. »Laß mich in Ruhe, das ist nicht gut, was du da machst«, hätte ich ihn anschreien müssen. »Das ist nicht meine Aufgabe, ich bin nicht Mama!«

Hätte ich doch ...! Heute läßt sich das leicht sagen. Ein Kind kann aber nicht darüber sprechen, es wird niemals den Erwachsenen, der es mißbraucht hat, schon gar nicht den eigenen Vater, beschuldigen oder anzeigen. Darin liegt doch – und das begreifen die Erwachsenen eben nicht – das Problem des sexuellen Mißbrauchs von Kindern.

Ich war sein kleines, zartes Töchterlein, und ich liebte ihn, wie man seinen Vater liebt. Ich hatte sonst niemand. Niemand, der mir zugehört, mir geglaubt, mich beschützt oder ganz einfach erraten hätte, was vor sich ging. Ja, ich hätte sagen sollen: »Jetzt reicht's!« Daß ich es nicht getan habe, war ein großer Fehler. Ein Fehler mit Folgen. Und so nahm das Unheil seinen Lauf. Ich konnte es nicht aufhalten, weil ich allein und hilflos war und weil ich Angst vor Schlägen hatte. Ich hatte nicht vergessen, wie er einmal in seiner Wut mit der Faust gegen die Wand geschlagen hatte. Ein andermal hatte er sich vor seine Jagdgewehre gestellt und Drohungen ausgestoßen. Vor allen Dingen aber – das muß gesagt werden – fürchtete ich, ihn zu verlieren, wenn ich ihn anzeigte.

Von meiner Mutter hatte ich mich abgewandt. Hätte ich – wenn ich mich getraut hätte, wenn ich dazu in der Lage gewesen wäre! – meinen Vater zurückgewiesen, wäre ich ganz allein gewesen. Ja, ich hatte Angst, ihn zu verlieren. Ich hatte Angst, er würde mich genauso vernachlässigen wie meine Geschwister, wenn ich nein sagte. Und diese Angst hat er ausgenutzt. Damals erkannte ich das freilich nicht. Ich wollte seine Liebe nicht verlieren, nur das zählte für mich.

Er behauptete, meine Mutter habe mich nicht mehr lieb. Das redete er mir ein, bis ich es zu guter Letzt glaubte. »Hast du gesehen, was deine Mutter für Sandy und Laury gekauft hat?« sagte er zum Beispiel. »Und warum hat sie dir nichts mitgebracht? Weil sie deine Geschwister lieber mag als dich.«

Mama kaufte jedem von uns, was er gerade brauchte, aber mein Vater wollte mir weismachen, sie bevorzuge meine Geschwister. Irgendwann sah ich das genauso und sagte mir: Meine Mutter liebt mich nicht, meine Mutter liebt mich nicht. Er trichterte mir das ein, um einen Keil zwischen mich und meine Mutter zu treiben. Vielleicht verfolgte er eine bestimmte Absicht damit. Vielleicht wollte er unbedingt verhindern, daß ich mit meiner Mutter sprach, mich ihr anvertraute. Und seine Rechnung ist aufgegangen.

Papa wußte, was er tat. Er wußte genau, wohin der Weg führte, den er mit seiner kleinen Tochter eingeschlagen hatte. Ich nicht. Ich folgte ihm arglos. Deshalb sage ich: Alles war bestens vorbereitet, damit die Falle zuschnappen konnte. Genauso war es. Mein Vater stellte mir eine Falle. Und ich tappte blindlings hinein, weil der Fallensteller mein Vater war. Wie bei einem Raubüberfall hat er seinen Coup sorgfältig geplant. Kann sein, daß er nicht von Anfang an mit Berechnung vorging, sondern nach und nach seinen Plan entwickelte.

Er wußte, wie sehr meine Mutter an uns Kindern hing. Ihr konnte er nichts tun, denn dann hätte sie ihn verlassen. Aber er konnte sie treffen, indem er sich an mir vergriff. Dadurch daß er mich zerstörte, würde er sie zerstören …

Ungefähr diese Gedanken müssen ihm durch den Kopf gegangen sein. Jedenfalls haben sich die Dinge so entwickelt. Was ich freilich nicht erkennen konnte. Ich wollte nur eins nicht: die Liebe meines Vaters verlieren. Ich hätte durchgedreht, wenn das passiert wäre. Deshalb ließ ich es zu, daß er mich küßte. Er küßte mich immer öfter und auf eine Weise, die mich anekelte, so als wäre ich eine erwachsene Frau. Aber ich dachte, na ja, das ist eben nicht zu ändern, vielleicht muß das so sein …

Meine Mutter war nur unseretwegen bei Papa geblieben, sie wollte ihren Kindern nicht den Vater nehmen. Und was ich machte, lief auf dasselbe hinaus: Ich schwieg aus Angst, die Familie würde auseinanderbrechen. Aus Angst, Laury und Sandy den Vater zu nehmen, den sie doch genauso brauchten wie ich. Mama war nicht da. Was sollte aus uns werden, wenn er uns auch noch allein ließ? Folglich hielt ich den Mund und wartete darauf, daß meine Mutter wieder nach Hause kam, in der Hoffnung, Papa würde dann aufhören, mir nachzustellen, und alles würde gut werden.

Wenn zuviel auf einen einstürmt und alles über einem zusammenbricht, bleibt keine Zeit, die Situation zu analysieren. Erst später versucht man sich darüber klarzuwerden, was eigentlich passiert ist. Im Augenblick aber sitzt man in der Falle und denkt: Vielleicht ist das normal, vielleicht auch nicht. Meinen Vater habe ich nie danach gefragt. Womöglich hätte er Angst bekommen, wenn ich ihn darauf angesprochen hätte, und wer weiß, wozu er dann fähig gewesen wäre! Einmal drohte er mir: »Wenn du irgend jemandem etwas davon erzählst, bringe ich uns beide um. Wir werden uns ins Auto setzen und einen Unfall haben.«

Als ich einem Freund davon erzählte, lachte er mich aus. Er hat mir nicht geglaubt, und ich kann es ihm nicht verdenken. Wer glaubt schon so eine Geschichte: ein Vater, der mit seiner Tochter sterben will! Ich habe nie wieder mit jemandem darüber gesprochen.

Endlich, nach vier Wochen, kam Mama wieder nach Hause. Ich war glücklich und erleichtert. Ich fühlte mich befreit. Wir würden einen Strich unter die Vergangenheit ziehen, und alles würde wie früher werden. Mama würde wieder die Frau im Haus sein und ich das Kind. Bald würde die ganze Geschichte vergessen sein, zu den Akten gelegt als eine Art Mißverständnis. Es ist ja noch nichts Schlimmes passiert, sagte ich mir. Ein paar Liebkosungen und unanständige Küsse, mehr nicht. Davon geht keine Familie kaputt. Papa wird bald wieder der alte sein.

Als meine Mutter kam, nahm Großmutter Mireille sie beiseite. »Hör mal, dein Mann tut Dinge mit deiner Tochter, die ich sehr merkwürdig finde.« Mehr sagte sie nicht, weil das ein heikles Thema war. Und etwas wirklich Bedenkliches hatte sie ja nicht gesehen. Mama machte sich weiter keine

Gedanken. Sie wußte, daß Papa und ich uns sehr nahestanden, er hatte mich auch früher schon in den Po gekniffen, und daß er mich regelrecht abgeknutscht hatte, hatte Großmutter ihr verschwiegen. Auf die Idee wäre Mama nie von allein gekommen. Deshalb dachte sie sich auch nichts dabei. Sie hielt diese Gesten für normal zwischen Vater und Tochter. Andere Väter alberten sicher auch mit ihren Töchtern herum, ohne daß gleich ein Drama daraus gemacht wurde.

Ein anderer schwerwiegender Umstand, der sich ungünstig für mich auswirkte, war, daß meine Mutter nach ihrem Krankenhausaufenthalt noch immer mit Beruhigungstabletten und Antidepressiva behandelt wurde. Abends nahm sie Schlaftabletten, ging zeitig zu Bett und schlief wie eine Tote. Physisch war sie anwesend, aber das war auch alles. Sie litt unter einer entsetzlichen Müdigkeit und war gar nicht in der Lage, die Dinge wieder selbst in die Hand zu nehmen. Für mich war das eine furchtbare Enttäuschung. Ich hatte so sehr gehofft, hatte sogar fest damit gerechnet, daß nach ihrer Entlassung alles wieder in Ordnung käme.

In Wirklichkeit hatte sich zu Hause kaum etwas geändert. Ich war nach wie vor die »Mama« und versorgte weiterhin meine Geschwister und die zweijährige Leila. Die Kleine war wirklich süß. Sie sagte »Mama« zu mir. Zusätzlich mußte ich mich jetzt aber auch noch um meine Mutter kümmern, die praktisch nicht ansprechbar war, weil sie sich aufgrund der Medikamente in einer Art Dämmerzustand befand. Jetzt lastete also noch mehr Verantwortung auf mir. Ich war wichtiger als Mama. Unglaublich, aber wahr! Papa erfaßte die Situation blitzschnell.

Meine Mutter schlief fast pausenlos. Sie nahm ein Schlafmittel und dann ab ins Bett! Wenn ich mich in mein Zimmer zurückzog, weil ich müde war oder Hausaufgaben machen mußte oder Papa aus dem Weg gehen wollte, kam er und holte mich. Ich mußte mit ihm ins Wohnzimmer und mich neben ihn aufs Sofa setzen. Ich wußte, was mich erwartete. Er küßte mich auf den Mund und streichelte mich. Er ging sogar noch weiter.

Daß Mama nebenan schlief, war ihm egal. Er hatte nicht einmal Angst, sie könnte aufwachen. Er hätte ja auch zu ihr ins Schlafzimmer gehen können, er hätte versuchen können, wieder eine normale Ehe zu führen. Aber nein. Mama existierte nicht mehr. Sie war vollgestopft mit Medikamenten, weinte wegen jeder Kleinigkeit, zitterte, hatte sich völlig verändert. Eine hilflose, zerbrechliche Frau. Ich erkannte sie nicht wieder.

Früher war sie sehr sprach- und redegewandt gewesen; nach der Schlafkur mußte sie ständig nach Worten suchen. Es war, als hätte sie alles, selbst die Sprache, verloren. »Hallo, wie geht's dir?« »Oh, ganz gut soweit.« Mehr sprachen wir nicht miteinander. Und mit meinem Vater redete sie noch weniger als vorher. Sie schliefen überhaupt nicht mehr miteinander, vertraute er mir an. Das interessierte mich ehrlich gesagt nicht im geringsten. Ich hatte ganz andere Sorgen …

Ich war völlig aus dem Gleichgewicht geraten. Daheim hatte ich jede Hoffnung aufgegeben, daß sich etwas ändern würde. Mama war krank, sie merkte nicht, was vor sich ging. Die Dinge hatten sich nicht eingerenkt, wie ich erwartet hatte, im Gegenteil, es war alles noch schlimmer geworden.

In der Schule – ich ging in die Quinta – kam ich überhaupt nicht mehr mit, aber das kümmerte meine Eltern nicht. Ich machte mir auch Sorgen um meinen Bruder und meine Schwester. Die beiden waren praktisch sich selbst überlassen. Meine Mutter befaßte sich kaum noch mit ihnen, und mein Vater beachtete sie überhaupt nicht. Das machte mich ganz traurig. Während es früher immer zu Eifersüchteleien zwischen uns gekommen war und wir um die Zuneigung unserer Eltern rivalisiert hatten, hielten wir jetzt zusammen. Schließlich saßen wir alle im selben Boot. Ich fühlte mich für alle verantwortlich. Das ging so weit, daß ich noch im Unterricht an unsere Probleme zu Hause dachte und mir den Kopf zermarterte. Das einzige, was mich auf andere Gedanken brachte, war die Musik.

Ich sang im Chor. Ich sang für mein Leben gern. Ich hatte eine tolle Lehrerin, eine sehr sympathische und sanfte junge Frau. Sie war wie eine Mutter für mich. Wie die Mutter, die ich gern gehabt hätte. Mit ihr machte das Singen Spaß. Sie war wirklich eine Wucht, so nett und verständnisvoll. Als ich mir die Haare abschnitt, hatte ich Bammel vor meinem Vater. Da ging ich zu ihr und sagte: »Ich hab' mir heute morgen die Haare abgeschnitten. Mein Vater weiß nichts davon, meine Mutter ist im Krankenhaus, und Papa wird schimpfen, wenn er mich sieht.«

»Kopf hoch!« meinte sie. »Nach dem Chor wartest du auf mich. Ich geh' mit dir hinunter und erkläre deinem Vater alles.« Und das hat sie auch getan.

Dadurch daß ich im Chor sang, konnte ich manchmal abends von zu Hause weg und den Annäherungsversuchen meines Vaters entkommen. Das Singen lenkte mich ab. Es tat mir gut, weil ich auf andere Gedanken kam. Zu Hause wurde es nämlich immer unerträglicher. Die Situation belastete mich in einem kaum noch vorstellbaren Maß. Ich hätte mir nie träumen lassen, daß die Sache mit meinem Vater so weit gehen würde. Ich hatte wirklich gedacht, ich würde schon irgendwie über die Runden kommen, ich hatte doch den Chor, meine Freunde, die Schule, Laury und Sandy. Schön dumm, das ernsthaft zu glauben! Ich war einfach zu arglos, zu unverdorben.

Mit gleichaltrigen Jungs, das war alles harmlos. Ich wollte ein bißchen Spaß haben und ab und zu ein wenig knutschen, damit ich wie die anderen Mädchen sagen konnte: »Den hab' ich auch schon geküßt!« Mehr war da nicht. Mit meinem Vater war alles anders, irgendwie schmutzig. Anfangs, ja, da waren es bloß kleine Küsse gewesen. Aber dann artete es immer mehr aus. Wenn die anderen abends schliefen und wir vor dem Fernseher saßen, streichelte er mich. Ich protestierte nicht. Mit der Zeit wurden seine Berührungen zudringlicher, intimer. Es war ... ich weiß auch nicht, es war einfach anders. Zu guter Letzt schob er die Hand in meinen Slip. Er streichelte mich und versuchte mit den Fingern in mich einzudringen. Da hat es endlich klick gemacht bei mir ... Es tat weh, und ich saß vor Entsetzen da wie vom Donner gerührt. Es war widerlich. Ich hätte am liebsten geschrien, geheult, um Hilfe gerufen. Aber ich hatte Angst. Ich sagte nichts. Und so machte er weiter.

Die schrecklichen Dinge, die er mit mir gemacht hat, ich meine all die grauenhaften Einzelheiten, habe ich noch keinem Menschen anvertraut. Weder den Polizeibeamten noch dem Richter oder den Psychiatern, nicht einmal meiner Mutter. Es ist so demütigend. Ich bin mir nicht wie ein Mädchen vorgekommen, sondern wie ein Gegenstand, den man benutzt. Meine Meinung hat nicht interessiert, ich bin nicht gefragt worden. Ein Kind kann sich einfach nicht vorstellen, daß der eigene Vater ihm so etwas antut. Und so sind all die Scheußlichkeiten in mir dringeblieben, wie ein dicker Klumpen in meinem Bauch. Bestimmt sieht man es mir an, die Scham, die Angst, eine Narbe. Er hatte gedroht, uns beide umzubringen, wenn ich den Mund aufmachte: »Entweder werden wir einen Autounfall haben, oder ich jage uns eine Kugel in den Kopf.« Und er zeigte auf die Jagdgewehre an der Wand.

Irgendwann werde ich diesen Klumpen aus mir herausbefördern, mich von dieser Last befreien müssen, vollständig und für immer. Ich werde mir alles von der Seele reden, ich werde anfangen und nicht mehr aufhören, bis ich fertig bin, so als wäre es jemand anderem passiert, aber nicht mir, nicht der zwölfjährigen kleinen Nelly, die ihren Vater abgöttisch liebte, bevor er ihr so entsetzlich weh tat.

# Ein unerwünschter Akt

Ich brauche immer eine Überschrift, sonst kann ich nicht anfangen zu schreiben. Das gilt auch für Aufsätze. Ohne Überschrift geht es nicht. Ich habe lange über diese hier nachgedacht, aber keine bessere gefunden. Ich hätte das Kapitel auch »Die Vergewaltigung« überschreiben können, denn darum handelte es sich ja. Aber ich habe »Ein unerwünschter Akt« vorgezogen, weil es genau das war: ein Akt, der nie hätte vollzogen werden dürfen, ein Akt, den ich mit meinen zwölf Jahren wirklich nicht gewollt habe und der alles kaputtgemacht, alles verdorben hat.

Normalerweise sagt man »sich lieben« dazu, und es muß etwas Schönes sein, weil beide es wollen und Lust dazu haben. Beim erstenmal sagt man »deflorieren«, und das hört sich für mich an wie eine Blüte, die man zu zweit öffnet. Für mich traf keins von beiden zu. Ich werde dieses Glück nie erleben dürfen. Mein Vater hat es mir gestohlen, er hat mich um den Augenblick gebracht, der für ein Mädchen soviel bedeutet. Ich erlebte diesen Moment als Vergewaltigung, als etwas Brutales und Zerstörerisches.

Ich weiß nicht, vielleicht sage ich das jetzt nur, um den Augenblick hinauszuzögern, wo ich alles erzählen muß. Es ist unheimlich schwer, darüber zu sprechen. Ich schäme mich so. Aber ich habe keine andere Wahl. Es muß sein, um meiner selbst willen, um mich davon zu befreien, den Schmutz von mir abzuwaschen. Die Leute sollen wissen, daß es nicht meine Schuld war. Ich möchte nicht nur mir damit helfen, sondern auch anderen Kindern.

Es war an einem Samstagvormittag, als es zum erstenmal passierte. Meine Mutter war mit meinen Geschwistern zum Einkaufen ins Dorf gefahren. Ich war in meinem Zimmer. Mein Vater kam herein. Er war schon vor diesem Tag zärtlich geworden. Abends, beim Fernsehen, streichelte er meine Brust und berührte mich auch an anderen Stellen meines Körpers. Ich war also in meinem Zimmer, und er kam herein und fing an mich abzuknutschen. Er nahm mich in die Arme und drückte mich aufs Bett, auf mein kleines Kinderbett, auf dem ich, unter der Mickymaus an der Wand, meine Puppen aufgereiht hatte. Und dann legte er sich auf mich mit seinen neunzig Kilo und seinen einsdreiundachtzig. Er war furchtbar schwer, ich bekam fast keine Luft mehr.

Ich sagte nichts. Ich hatte keine Ahnung, was er mit mir vorhatte, ich lag einfach da und ließ ihn machen. Er zog mir meine Sachen aus, und dann streichelte er mich und küßte mich überall. Das, was er im Sinn hatte, war eine Angelegenheit für zwei Erwachsene, nicht für ein Mädchen und seinen Vater. Trotzdem schwieg ich. Ich hatte Tränen in den Augen. Es tat weh. Ich verstand gar nicht, was genau eigentlich passierte … Er spielte an mir herum, er berührte sich selber, er machte irgendwelche Sachen, Bewegungen … ich weiß nicht, wie ich es ausdrücken soll. Ich sagte nichts. Unfähig, mich zu rühren, lag ich da und brachte keinen Ton hervor.

Einmal dachte ich, ich würde gleich anfangen zu schreien, ich dachte, ich würde … Aber ich blieb stumm. Und er, mein Vater, er ging bis zum Äußersten. Er drang in mich ein, in meinen kleinen Mädchenkörper … Er drang in mich ein. Es tat furchtbar weh. Ich verstand nicht, warum er das machte, was für einen Sinn dieser Vorgang hatte. Für mich war es einfach nur schmerzhaft, und es wurde mit jedem Augenblick schlimmer. Er schlug mich nicht, und doch ging er brutal vor. Was machte er da? Woher kamen diese unsagbaren, brennenden Schmerzen zwischen meinen Schenkeln? Was passierte mit mir? Warum wollte Papa mich auseinanderreißen?

Ich weinte, ich weinte in einem fort. Das war meine einzige Waffe: weinen. Sprechen konnte ich nicht. Ich hatte keine Stimme, keine Worte mehr. Er machte weiter, drang noch tiefer in mich ein … Ich hatte aufgehört zu existieren. Er machte weiter, und ich hatte nur das Recht zu schweigen. »Nein, nicht, hör auf!« dröhnte es in meinem Kopf wie ein Echo von irgendwoher. »Ich bin viel zu jung! Ich bin doch deine Tochter! Du verdirbst alles, du machst alles kaputt!« Er hörte es nicht. Die Stimme schrie nur in meinem Innern.

Als es vorbei war, stand er auf und ging wortlos aus dem Zimmer. Er schaute mich nicht einmal an. Er ging und ließ mich einfach allein. Blut klebte zwischen meinen Schenkeln. Ich sprang auf und rannte ins Bad, um mich zu waschen. Außerdem war das Bad der einzige Ort, wo ich mich einschließen konnte. Mir liefen noch immer die Tränen übers Gesicht, während ich zu verstehen versuchte, was geschehen war. Oder nein, eigentlich wollte ich nicht wahrhaben, was passiert war, so widerlich, so unvorstellbar war das, so brutal hatte Papa all meine Träume zerstört, alles Schöne, Unschuldige in den Dreck gezogen.

Es gelang mir nicht, die Dinge auf die Reihe zu bringen. Mein Vater hatte mich nicht geschlagen, das war nicht nötig gewesen. War das dann überhaupt eine Vergewaltigung? Wenn im Film ein Mann eine Frau vergewaltigt, schlägt er sie immer. Aber Papa hatte mich trotzdem mißbraucht. Er hatte gegen meinen Willen mit mir geschlafen. Ich war viel zu jung dafür. Ich hatte das nicht gewollt. Und warum blutete ich? Was genau hatte er mit mir gemacht? Ich wußte doch nicht Bescheid über diese Dinge.

Ich stellte mich unter die Dusche und ließ das Wasser über mich laufen. Ich weinte noch immer. Mechanisch wusch ich mich. Ich war wie betäubt oder in Trance. Dann zog ich mich an, ging in die Küche und setzte mich an den Tisch. Es war totenstill im Haus. Wo war mein Vater? Ich hatte keine Ahnung. Um mich herum herrschte Stille und in meinem Kopf absolute Leere.

Endlich kam meine Mutter. Für sie war das ein ganz normaler Tag. Sie hatte beide Arme voll und war ausnahmsweise guter Laune. Mein Bruder und meine Schwester stürmten herein. »Hallo, Nelly! Wie geht's?« Ich antwortete nicht. Ich brachte keinen Ton heraus.

Nur wenige Minuten vorher war es passiert. War ich von meinem Vater vergewaltigt, entjungfert worden. Ein bohrender Schmerz brannte zwischen meinen Schenkeln. Ich schämte mich so. Und fühlte mich entsetzlich schmutzig. Ich war kein kleines Mädchen mehr. Ich war besudelt für alle Zeit. Ich hätte schreien mögen. Fragen über Fragen wirbelten mir durch den Kopf. Ich sehnte mich nach Zärtlichkeit und Wärme, nach tröstenden Worten. Ich hätte mich so gern in Mamas Arme geworfen, mich bei ihr ausgeweint und ihr alles erzählt. Aber ich konnte einfach nicht.

Ich saß da wie versteinert und schwieg. Als hätte ich einen Kloß in der Kehle. Die Sprache verlieren, das gibt es wirklich. Es war, als wäre ich schuld an allem. Ich brachte kein Wort über die Lippen, ich konnte weder mit Mama noch mit meinen Geschwistern reden, obwohl sie vor mir standen und es gerade erst passiert war. Ich sprach mit niemandem darüber, nicht mit meinen Freundinnen, nicht mit Großmutter, nicht mit meinen Lehrern. Ich konnte nicht. Mein Vater hatte alles kaputtgemacht, er hatte das Leben seiner Tochter, seiner kleinen Prinzessin ruiniert. Das hatte ich nicht verdient. Und dennoch schwieg ich. Was er getan hatte, war ein Verbrechen, eins der schlimmsten überhaupt, denn es war ihm gelungen, mich zu seiner Komplizin zu machen. Damit würde ich von nun an leben müssen.

Einige Zeit später fing alles von vorn an. Wie beim ersten Mal kam er zu mir, zog mich aufs Bett, verging sich an mir. Er nahm mir meinen Körper und meine Stimme. Es passierte immer, wenn Mama nicht da war oder wenn sie schlief. Und ich sagte nie etwas. Ich war sein Spielzeug, seine Geisel. Er sah mich jedesmal so komisch an. Er war wie besessen. Jeder Vorwand war ihm recht, um zu mir zu kommen und mich aufs neue zu bedrängen.

Einmal war ich mit Freunden nach der Schule in die Stadt gefahren. Sie kauften Präservative, bloß so zum Spaß, und ich wollte auch eins haben, um mich wichtig zu machen. Ich steckte es in meine Jackentasche, wo mein Vater, der die Angewohnheit hatte, in meinen Sachen herumzuschnüffeln, es fand.

Am gleichen Abend – Mama lag, mit Schlaftabletten vollgestopft, schon im Bett – mußte ich mich zu ihm aufs Wohnzimmersofa setzen, und dann zeigte er mir, wozu ein Kondom dient. Er hat es nicht in den Müll geworfen, als er es fand. Er hat es auch nicht für Mama oder eine Freundin aufgehoben, nein, er streifte es sich über sein Glied, bevor er mich, seine Tochter, ein weiteres Mal vergewaltigte.

Ich weinte. Aber ich sagte auch diesmal nichts. Stumm wartete ich darauf, daß es vorbei war. Die Worte blieben mir buchstäblich im Hals stecken. Ich wußte nicht, was ich hätte sagen, wie ich hätte anfangen oder an wen ich mich hätte wenden sollen. »Papa zwingt mich, mit ihm zu schlafen.« Kein Mädchen bringt diesen Satz ganz von allein über die Lippen. Dazu braucht es die Hilfe, das Verständnis eines Erwachsenen, der seine Notlage erkennt. Bei mir zu Hause ahnte niemand, welches Drama sich abspielte.

Außerdem hatte ich Angst vor den Folgen. Wie würde Papa reagieren, wenn ich redete? Wie würde es weitergehen? Er hätte mich verprügelt oder umgebracht. Oder sich an Laury, Sandy oder der kleinen Leila gerächt. Das wollte ich auf keinen Fall. Ich hatte die Jagdflinte vor Augen, als ich auf dem Sofa lag, sie hing über mir an der Wand, während er mich unter seinem Gewicht begrub … Ich sagte nichts.

Es war eine Vergewaltigung, auch wenn er mich nicht schlug. Alles spielte sich in meinem Inneren ab und blieb dort drin. Auf der Haut sind Schläge nur eine Zeitlang sichtbar. Die Wunden von den seelischen Prügeln, die ich bezog, heilen hingegen sehr viel schwerer. In meinem Bauch hatte sich ein Klumpen gebildet. Dadurch, daß ich alles für mich behielt, litt ich noch mehr. Wenn ich allein war, fing ich an zu weinen und wünschte mir, ich wäre tot, soviel Haß hatte ich in mir, Haß, weil ich mich nicht wehren, weil ich ihn nicht zurückstoßen konnte.

Wer Angst hat – und die hatte ich in diesen Momenten –, ist nicht zu einer vernünftigen Analyse der Situation fähig. Ich fragte mich nicht: »Ist das gut? Ist das schlecht?«, sondern dachte nur: »Was passiert mit mir? Was wird er mit mir anstellen?« Ich hatte keinerlei Lustgefühle. Man empfindet keine Lust dabei, wenn man erst zwölf ist und vom eigenen Vater vergewaltigt wird. Ich hatte damals noch nicht einmal meine Periode. Ich wußte absolut nichts über Sexualität, ich war noch gar nicht aufgeklärt. Im Grunde war an mir ein Junge verlorengegangen: Ich hatte aufgeschürfte Knie von meinen

Stürzen vom Rad, ich kletterte gern auf Bäume oder half Papa bei der Maurerarbeit. So, wie ich daherkam, sah ich wie eine kleine Göre aus. Nicht wie eine erwachsene Frau.

Es war wirklich ein Überfall: Er kam in mein Zimmer, mit einer Waffe, und nahm mir alles weg. Einfach alles. Ich konnte nichts dagegen tun, konnte mich nicht einmal mit Worten zur Wehr setzen. Ihn anzeigen? Unmöglich. Und er würde wiederkommen, wann immer ihm danach zumute war. Er hatte das Recht dazu, denn er war der Stärkere, und vor allem war er mein Vater. Das verlieh ihm Macht über mich. Hinzu kam, daß ich Schuldgefühle entwickelt hatte.

Für meinen Vater war es das perfekte Verbrechen. Er konnte mir das alles antun, konnte mich zerstören, ohne groß etwas zu riskieren. Ein kleines Mädchen wird niemals von sich aus den Mund aufmachen. Ich habe genauso geschwiegen wie jedes andere Mädchen in meiner Situation.

Ich habe nichts gesagt, weil man von einer Zwölfjährigen nicht verlangen kann, die Verantwortung zu übernehmen und den eigenen Vater anzuzeigen. Zumal ich um jeden Preis verhindern wollte, daß Mama etwas davon erfuhr. Es ging ihr gar nicht gut. Ich hatte Angst, wenn ich jetzt auch noch mit meinen Problemen käme, wäre alles im Eimer und unsere Familie kaputt. Und Laury und Sandy den Vater nehmen wollte ich genausowenig wie Leila verlieren. Ich hatte nur eine Gewißheit in der verzweifelten, vertrackten Lage, in der ich mich befand: Die Rolle des kleinen Mädchens war mir tausendmal lieber als die der kleinen Frau.

## Ich hörte auf zu singen

Meine Musiklehrerin war es, die irgendwann merkte, daß etwas nicht stimmte, und letztlich begriff, was los war. Eines Abends gaben wir ein Konzert. Am Tag vorher hatte mein Vater es wieder mit mir gemacht – wieder im Wohnzimmer, vor dem Fernseher –, und meine Lehrerin sah mir an, daß ich angeschlagen war. Ich hatte mich verändert. Ich war ganz still geworden und traurig und kapselte mich ab. Ich konnte nicht mehr singen. Früher hatte mir das Singen solchen Spaß gemacht, und jetzt fehlte mir sowohl die Kraft als auch die Lust dazu.

Ich fühlte mich elend, weil ich es nicht mehr länger ertrug, was mein Vater mit mir machte. Das ging nun schon seit Monaten so. Er ließ mir keine Ruhe. Immer wieder kam er, faselte vom Heiraten, von uns beiden, von »unserer Liebe«, wie er es nannte. Er küßte mich auf den Mund, fummelte an mir herum. Mir war schrecklich unbehaglich dabei. Ich hatte es wirklich satt, aber ich wußte keinen Ausweg. Ich wurde immer stiller, immer verschlossener. Das fröhliche, glückliche, ausgeglichene Mädchen von einst gab es nicht mehr.

Inzwischen war mir klar, daß das alles nicht normal war. Ich wollte nicht »Mann und Frau« mit meinem Vater spielen. Es machte mir überhaupt keinen Spaß. Ich empfand nur Ekel und Schmerz, wenn er mit mir schlief, aber er hat weiter rumgesponnen. Einmal beklagte er sich zum Beispiel, ich würde mir nicht die geringste Mühe geben, damit es schön für ihn sei, während er mich streichle, um mich zu befriedigen. Solche Sachen warf er mir vor. Aber mich interessierte das alles überhaupt nicht, ich wollte davon nichts wissen.

Meine Musiklehrerin begann mich auszufragen und mir die Würmer aus der Nase zu ziehen. Ich weiß nicht, wie sie darauf gekommen ist, aber sie hat den richtigen Riecher gehabt. Sie wußte, was los war. Es kommt selten vor, daß ein Erwachsener den Verdacht auf sexuellen Mißbrauch hegt, wenn sich das Verhalten eines Kindes ändert. Insofern hatte ich Glück im Unglück. Normalerweise können sich Erwachsene nicht vorstellen, daß ein Kind von seinem Vater mißbraucht wird und nichts sagt. Meine Mutter hat ja auch nichts gemerkt. Und Großmutter Mireille, die meinen Vater dabei ertappt hatte, wie er mich auf recht sonderbare Art und Weise küßte, ging der Sache auch nicht weiter nach, zu ungeheuerlich erschien ihr der Gedanke.

Meine Lehrerin hat die Zusammenhänge zum Glück durchschaut. Ihr war aufgefallen, wie sehr ich mich verändert hatte, und daß ich irgendein Problem mit mir herumschleppte. Da war dieser Kloß in meiner Kehle, der nichts durchließ, keinen Ton, nicht einmal beim Singen. Andere hätten gesagt: »Das liegt an der Pubertät, das geht wieder vorbei.« Meine Lehrerin nicht, sie hat richtig getippt. Ich weiß nicht, warum. Vielleicht weil ich plötzlich so bedrückt, so still war? Sie hat jedenfalls den Nagel auf den Kopf getroffen und das zum richtigen Zeitpunkt. Ich muß dazu sagen, daß wir ein sehr gutes Verhältnis hatten. Sie wußte von Mamas Krankheit und meinen vielen Pflichten zu Hause. Ich hatte ihr, ohne Einzelheiten zu schildern, von der »schwierigen Situation« daheim erzählt. Wahrscheinlich hatte ich unbewußt Signale ausgesandt, und sie fing sie auf und deutete sie richtig.

An jenem Abend kam sie zu mir und sagte: »Was ist los mit

dir, Nelly?« »Nichts«, antwortete ich, »was soll denn sein?« Sie faßte mich bei den Schultern und sah mir in die Augen.

»Irgend etwas stimmt nicht mit dir. Ich kenne dich doch. Irgend etwas bedrückt dich. Mir kannst du es doch sagen.« Ich schüttelte den Kopf.

Sie ließ nicht locker, sondern stellte Fragen über Fragen. Und mit jeder kam sie der Wahrheit näher. »Heiß! Heiß!« hätte ich ihr am liebsten zugerufen, so wie wir Kinder es bei unseren Ratespielen machten. Aber als sie am Schluß darauf wartete, daß ich alles zugab, schwieg ich. Da ergriff sie das Wort und schilderte mir, was sich ihrer Meinung nach bei mir zu Hause abspielte. Es war, als könnte sie meine Gedanken lesen. Teilchen für Teilchen setzte sie das Puzzle zusammen: das kleine Mädchen, das vergewaltigt wird, der Erwachsene, der ihm Schmerzen zufügt. Nur in einem Punkt irrte sie: Sie glaubte, ein Onkel täte mir das an. Schließlich gestand ich: »Nein, es ist nicht mein Onkel, es ist mein Vater.«

Fassungslosigkeit und Entsetzen spiegelten sich auf ihrem Gesicht wider. Sie hatte meinen Vater damals, als ich mir die Haare abgeschnitten hatte, kennengelernt und ihn ganz nett gefunden. Und dieser freundliche, sympathische Mann war ein Kinderschänder? Sie zeigte sich tief bestürzt.

»Du darfst dich nicht mehr mit ihm einlassen, hörst du?« sagte sie und schüttelte mich dabei. »Wach endlich auf! Das ist nicht gut, was er da mit dir macht, du mußt etwas dagegen unternehmen!« Sie redete eine ganze Weile auf mich ein. Aber ich hatte Angst, ich wußte nicht, wie ich es anfangen sollte, damit er mich in Ruhe ließ.

»Ich kann nichts sagen«; erklärte ich ihr. »Dazu habe ich kein Recht.« »Du mußt!« beharrte sie. »Sag ihm, er soll aufhören. Sag ihm, er soll dich zufriedenlassen. Du mußt es ihm sagen!«

An dem Abend holte mich Papa nach dem Konzert ab. Im Auto stieß ich hervor: »Wenn wir zu Hause sind, muß ich mit dir reden, Papa.« Ich war stolz auf mich, auf meinen Mut. »Klar, wann du willst«, erwiderte er. Und lachte.

Er war keineswegs beunruhigt. Weshalb auch? Alles lief nach Wunsch. An seinem Arbeitsplatz war er beliebt, und er hatte ein gutes Auskommen. Daheim setzte er sich in seinen Sessel vor dem Fernseher und wartete darauf, daß die anderen schlafen gingen, damit er mit mir allein war.

Als wir zu Hause ankamen, verließ mich plötzlich der Mut. Ich wußte nicht, wie ich anfangen sollte, und außerdem hatte ich eine Heidenangst.

»Wolltest du mir nicht etwas sagen?« fragte er.

»Ach, ist nicht so wichtig«, antwortete ich ausweichend. »Das hat Zeit bis morgen.« Er ließ nicht locker. Ich holte tief Luft und sagte:

»Papa, ich möchte, daß du damit aufhörst, weil ich es echt satt habe.«

Er hatte sofort begriffen, was ich meinte. Ich brauchte nicht deutlicher zu werden. Das Gespräch mit meiner Lehrerin erwähnte ich nicht. Ich traute mich nicht. Seine Miene hatte sich vor Wut verzerrt. Er preßte mir die geballte Faust ans Gesicht und herrschte mich an: »Mach, daß du ins Bett kommst! Du weißt ja nicht, was du sagst!«

In jener Nacht habe ich kein Auge zugemacht. Warum mußte ich auch den Mund so weit aufreißen, dachte ich immer wieder. Ich blöde Kuh, hätte ich die Klappe gehalten! Daran ist nur meine Lehrerin schuld! Was wird er jetzt machen? Mich verhauen? Ich wußte mir keinen Rat mehr.

Am anderen Morgen setzte ich mich mit gesenktem Kopf an den Küchentisch. Ich wagte nicht, meinem Vater in die Augen zu sehen. Ich fühlte mich schrecklich elend und gedemütigt. Da trat er neben mich, beugte sich zu mir herunter und küßte mich. Auf die gleiche anormale Weise wie sonst auch: mit einem tiefen Zungenkuß. Und weil ich dachte, ich hätte mich am Abend vorher dumm benommen, protestierte ich nicht und stieß ihn auch nicht zurück. Obwohl mich diese Küsse anekelten, fügte ich mich und ließ ihn gewähren.

Meiner Musiklehrerin werde ich sagen, ich hätte meinen Vater gebeten, mich in Ruhe zu lassen, und er hätte es mir versprochen, dachte ich. Damit ist der Fall erledigt.

Später ging ich wie jeden Tag zur Schule.

Am Nachmittag, so gegen fünf, war ich in der Küche. Meine Mutter hatte sich ins Schlafzimmer zurückgezogen. Da kam mein Vater herein und fing wieder vom Heiraten an: daß es Länder gebe, wo Väter ihre Töchter heiraten könnten, und wir könnten das auch, aber nur, wenn wir von hier fortgingen, denn in Frankreich sei das verboten. Hier würde man uns ins Gefängnis stecken …

Davon hatte er bisher nie etwas gesagt. Fürchtete er nach unserer Unterhaltung vom Vortag, ich könnte ihn anzeigen? Er wollte mir offensichtlich klarmachen, wie schwerwiegend seine Handlungsweise war, was er riskierte – nämlich eine Gefängnisstrafe –, falls ich den Mund aufmachte. Ich antwortete nicht. Ich dachte nur: Daran hättest du früher denken sollen. Jetzt ist es zu spät.

Im gleichen Augenblick klopfte jemand ans Fenster. Das war ungewöhnlich, wir bekamen nur selten Besuch. Draußen standen Polizeibeamte. Mein Vater öffnete. Sie kamen seinetwegen. Sie legten ihm Handschellen an und nahmen ihn mit. Warum, wollten sie uns nicht sagen. Meinem Vater schien das völlig unerklärlich. Meine Mutter kam heraus. Sie sah die Polizisten, meinen Vater in Handschellen. Sie fing an zu weinen. Laury, Sandy und Leila machten erschrockene Gesichter. Die Gendarmen schickten uns auf unser Zimmer. Und dann geschah etwas, das ich mir bis heute nicht erklären kann.

Nachdem die Beamten mit meinem Vater davongefahren waren, rannte ich aus meinem Zimmer und stürzte mich wie eine Wahnsinnige auf meine Mutter. »Was für einen Mist hast du jetzt wieder gebaut?« schrie ich sie an. »Das ist allein deine Schuld! Bloß weil du nicht mit dem Geld umgehen kannst! Darum haben sie Papa abgeholt! Da hast du etwas Schönes angerichtet! Du machst nichts als Dummheiten!« Dazu muß ich sagen, daß ein paar Tage vorher ein Mann zu uns gekommen war, der Papa wegen einer unbezahlten Rechnung über Baumaterial mahnte. Das hatte ich nicht vergessen.

Tags zuvor hatte ich meinen Vater gebeten, er möge mich endlich in Ruhe lassen. Seit Monaten sehnte ich mich insgeheim danach, aus meiner mißlichen Lage befreit zu werden. Und jetzt war es soweit: Ich war frei, gerettet. Die Polizei hatte den Mann verhaftet, der mich vergewaltigt, mir meine Unschuld geraubt hatte. Meinen Vater, den Kinderschänder. Und was machte ich? Ich wollte ihm zu Hilfe kommen. Er war immerhin mein Vater! Ich war es ihm schuldig, daß ich ihn liebte. Der Gedanke, er könnte meinetwegen festgenommen worden sein, kam mir überhaupt nicht. Ich wollte ihn schützen, ihn verteidigen. An den Inzest dachte ich nicht. Ich glaubte, er sei wegen seiner Schulden abgeholt worden.

Das Wort Inzest kannte ich damals noch nicht. So etwas lernt man nicht in der Schule. Mein Vater hatte uns immer mit Romeo und Julia verglichen. Und so wollte ich ihn trotz allem, was er mir angetan hatte, verteidigen. Obwohl ich seinetwegen furchtbar gelitten und mich ganz in mich selbst zurückgezogen hatte, wollte ich ihm zu Hilfe kommen und verhindern, daß die Gendarmen ihn mitnahmen. Es dauerte eine Weile, bis ich die Zusammenhänge durchschaute und seine Verhaftung akzeptierte. Für mich ging alles viel zu schnell.

Der Anstoß war von meiner Musiklehrerin gekommen. Sie hatte eine Sozialarbeiterin informiert, und die wiederum alarmierte die Polizei. Einige Stunden nach der Festnahme meines Vaters kamen die Beamten zurück und forderten mich auf, ein paar Sachen zusammenzupacken. »Du wirst für ein paar Tage in einem Heim wohnen.«

Ich habe nicht einmal geweint. Ich ging in mein Zimmer und packte rasch das Nötigste ein. Als ich mich von meinen Geschwistern und von Leila mit einem Kuß und einer Umarmung verabschiedete, wollten sie wissen, wohin ich ginge. »In den Club Med«, schwindelte ich, um sie nicht zu beunruhigen.

Der Traum von der glücklichen Familie war wie eine Seifenblase zerplatzt, unser Leben ruiniert. Mama mußte erfahren, daß ihr Mann mit ihrer Tochter schlief, während sie, vollgedröhnt mit Psychopharmaka, vor sich hin dämmerte. Sie saß im Wohnzimmer und weinte. Sie sprach kein Wort mit mir. Da mußte ich auch weinen.

Draußen wartete meine Musiklehrerin auf mich. Sie nahm mich in die Arme, als ich hinauskam, und stieg mit mir in den Streifenwagen. Meine Geschwister standen am Fenster und winkten zum Abschied. Mir zerriß es fast das Herz. Nun war genau das eingetreten, was ich durch mein Schweigen hatte verhindern wollen: Unsere Familie war kaputt, auseinandergerissen. Meine Mutter sah ich nicht. Sie war im Wohnzimmer zusammengebrochen …

Auf der Polizeiwache in Orange mußte ich drei Beamten erzählen, was passiert war. Meine Musiklehrerin blieb bei mir. Sie hielt meine Hand und sprach mir Mut zu: »Du schaffst das schon, hab keine Angst, es wird alles gutgehen.«

Die Gendarmen waren sehr nett und redeten beruhigend auf mich ein. Anschließend sollte meine Aussage in einem anderen Zimmer zu Protokoll genommen werden. Eigentlich wollte ich nicht mehr darüber sprechen. Auf dem Flur bin ich meinem Vater begegnet. Ich konnte ihm nicht in die Augen schauen, ich hatte das Gefühl, ihn verraten zu haben. Ich hatte Angst. Er sah mich an, aber er machte nicht den Eindruck, als sei er wütend auf mich oder würde mich zur Hölle wünschen. Er sagte: »Ich wollte dir nicht weh tun. Ich habe deine Mutter geliebt … Liebt sie mich noch?«

Ich verstand überhaupt nichts mehr …

Später kam Mama auf die Wache. Sie weinte immer noch. Sie war völlig fassungslos. Für sie war eine Welt zusammengebrochen. Jeder anderen Mutter würde es in der gleichen Situation wohl genauso ergehen. Sie eilte auf mich zu und drückte mich an sich. »Mein Mädchen, mein armes, armes Kind!«

Mehr sagte sie nicht. Sie war absolut hilflos. Meine Musiklehrerin hielt noch immer meine Hand und machte mir Mut. Aber ich brachte es nicht fertig, Einzelheiten zu schildern. Ich wollte nicht. Es war wie eine Sperre in mir. Ich fühlte mich so schmutzig. Und ich schämte mich, vor fremden Menschen darüber zu sprechen. Ich bestätigte nur, was sie bereits herausgefunden hatten. Ich bat sie außerdem, meinen Vater nicht ins Gefängnis zu schicken. Dafür wollte ich nicht verantwortlich sein.

Anschließend brachten sie mich ins Krankenhaus, damit ich von einem Gynäkologen untersucht wurde. Da es bereits Mitternacht war, dauerte es eine Weile, bis sie einen Arzt gefunden hatten. Er sollte feststellen, ob ich gelogen hatte oder nicht … Ich fand das ekelhaft. Ich mußte mich in den gynäkologischen Stuhl setzen, und alle standen um mich herum. Ich machte die Augen zu. Meine Musiklehrerin drückte meine Hand. Sie war die ganze Zeit bei mir geblieben. Der Gynäkologe stellte fest, daß ich die Wahrheit gesagt hatte.

Ich wurde sofort in ein Heim gebracht. Als wäre ich ein Waisenkind.

# Im Heim

Ich wollte mich umbringen. Ich habe es dreimal versucht, einmal im Heim, zweimal danach. Ich habe mir mit Glasscherben die Arme aufgeritzt. Ein andermal wollte ich meine Kleidung in Brand stecken. Ich habe mir aber auch einen Schnuller und ein Babyfläschchen gekauft. Und ich bin weggelaufen, habe geraucht und gestohlen. Das passierte alles innerhalb kürzester Zeit. Alles mit zwölf Jahren. Schuld daran war nicht nur die Sache mit Papa, sondern auch das Heim, in das man mich gesteckt hatte. Ich war vier Monate dort, von Mai bis September. Nach Hause durfte ich nicht. Man hatte es in Anbetracht der Umstände für besser gehalten, mich »vom häuslichen Milieu zu isolieren«. Das geschah freilich nur zu meinem Besten. Aber hätte sich nicht meine Mutter oder meine Großmutter um mich kümmern können? Ich hätte ihre Hilfe so nötig gebraucht. Ich war völlig durcheinander, die Ereignisse haben mich einfach überrollt. Ein glückliches Zuhause. Die Liebe meines Vaters. Sein Verbrechen. Mein Vater in Handschellen. Die Polizei. Und ich im Heim. Als müßte ich auch bestraft werden.

Ich kam gegen zwei Uhr morgens im Heim in Avignon an. Es war der 22. Mai 1990. Dieses Datum werde ich nie vergessen. Die Verhaftung meines Vaters, meine Zeugenaussage, die Untersuchung durch den Gynäkologen und sofort danach die Einweisung ins Heim. Alles am gleichen Tag.

Der große Bau am Stadtrand, ein moderner, schmuckloser

Kasten in unmittelbarer Nähe einer Nationalstraße, glich mit seinen langen, düsteren Korridoren den Waisenhäusern, die ich aus Filmen kannte. Keine zehn Pferde würden mich in so ein Heim kriegen, nicht einmal dann, wenn meine Eltern sterben sollten, hatte ich mir damals geschworen. Und jetzt war ich doch da, und das, obwohl meine Eltern noch lebten. Man hatte mich abgeschoben. Mir kam es so vor, als sollte ich für einen Fehler, den ich nicht begangen hatte, bestraft werden.

Weil ich Hunger hatte, gingen wir erst einmal in die Küche. Um diese Zeit war sie freilich geschlossen. Jemand knipste das Licht an. Der Raum kam mir riesig vor. Ich achtete überhaupt nicht auf die Leute, die bei mir waren, sondern nur auf die Räumlichkeiten, so angsteinflößend fand ich die Korridore und die leeren Säle in den blassen Farben staatlicher Heime. Irgend jemand öffnete den Kühlschrank. Es war nicht viel drin. Ich nahm mir ein paar Scheiben Schinken und einige Becher Joghurt heraus. Als ich gegessen hatte, führte man mich in den Schlafsaal. Sechs Betten standen in dem schlichten, rechteckigen Raum. Meins war das erste rechts neben der Tür und dem Wandschrank. Die Fenster direkt gegenüber lagen zur Straße hin. An den Wänden hingen Poster von Schlagerstars. Zu jedem Bett gehörte ein kleines, einfaches Nachttischchen, und daneben stand ein Holzschreibtisch für die Schularbeiten.

Nur zwei Mädchen bewohnten das Zimmer. Sie schliefen. Ich zog mich so leise wie möglich aus, um sie nicht zu wecken, schlüpfte in meinen Schlafanzug und setzte mich aufs Bett. An die Wand gelehnt, hockte ich im Dunkeln und dachte nach. Ich brachte es nicht fertig, die Augen zuzumachen. Mir war unheimlich zumute in der fremden Umgebung. Es war alles so groß hier und so still. Ich kam mir ganz verloren vor. Und mir gingen tausend Fragen durch den Kopf.

Wie würde es jetzt weitergehen? Was würden sie mit mir machen? Würde ich meine Mutter, meine Geschwister und die kleine Leila je wiedersehen? Und mein Vater? Was würde mit ihm passieren? Und meine Mutter mit ihren Depressionen, gegen die nur Tabletten halfen, wie würde sie das alles verkraften? Wovon sollten sie zu Hause leben? Was würde aus dem Haus werden? Hatten sie Papa schon ins Gefängnis gesteckt? Was erwartete ihn? Würde er mich verhauen, weil ich geredet hatte? Wie lange würden sie mich wohl hierbehalten? Fragen über Fragen, auf die ich keine Antwort wußte.

Bilder stiegen vor mir auf. Szenen mit meinem Vater. Was er alles mit mir gemacht hatte, Dinge, die Spuren hinterlassen hatten, das erste Mal zum Beispiel oder auch die Sache mit dem Kondom. Ich versuchte zu verstehen, warum er das getan hatte. Und warum mit mir und nicht mit meiner Schwester? Noch eine Frage, die ich nicht beantworten konnte. Ich wußte nur eins: Von jetzt an mußte ich irgendwie allein zurechtkommen. Wieder einmal. Ich legte mich hin und schlief ein. Geweint habe ich nicht.

Als ich am anderen Morgen aufwachte, waren meine Zimmergenossinnen schon fort. Panik ergriff mich. Ich hatte Angst allein. Ich sprang aus dem Bett, zog mich in aller Eile an und trat auf den Flur hinaus. Es war niemand zu sehen. Die fremde Umgebung erfüllte mich mit Unbehagen. Ich hatte das Gefühl, sämtliche Bewohner waren geflohen, wie während eines Bombenangriffs im Krieg, und hatten mich vergessen. Die sind alle abgehauen und haben mich ganz allein hier zurückgelassen, dachte ich. Zögernd ging ich durch den endlos langen Korridor. Endlich hörte ich etwas, erst nur ein Gemurmel, dann einzelne junge Stimmen. Sie kamen aus der Küche.

Ich hatte Herzklopfen vor Angst. Vor der Küchentür hielt ich einen Moment inne. Behutsam drückte ich die Klinke herunter und öffnete sie. Und da saßen sie alle miteinander an einem langen, rechteckigen Tisch. Alle starrten mich an. Ich war die einzige Neue, die einzige, die niemanden kannte. Obwohl sie mich anlächelten, brach ich in Tränen aus.

Mitten unter ihnen saß ein junger Mann mit einem sympathischen Gesicht. Er war groß und stämmig und hatte ziemlich kurze Haare. »Komm rein«, forderte er mich auf. Ich setzte mich neben ihn. »Ich heiße Alain«, stellte er sich vor. »Ich bin Erzieher.« An die anderen gewandt, fügte er hinzu: »Das ist Nelly. Sie ist heute nacht angekommen. Seid nett zu ihr.«

Er sagte nicht, warum ich hier war. Er stellte mir die anderen vor: »Luc, Angélique, Carole, Jean-Pierre ...« Die Mädchen und Jungen waren entweder in meinem Alter oder jünger. Insgesamt lebten etwa hundert Jugendliche im Heim. An diesem Morgen waren zum Glück nicht alle da. In der Nacht hatten sich auch einige Frauen vor ihren prügelnden Männern hierhergeflüchtet.

Alle lächelten mich freundlich an, aber ich weigerte mich, ihre Freundlichkeit zu erwidern. Ich wollte nichts mit diesen Kindern zu tun haben, die aus irgendwelchen Gründen im Heim gelandet waren. Ich kannte sie nicht. Sie gehörten nicht zu meiner Familie. Ich wollte weder ihre Bekanntschaft machen, noch mich mit ihnen unterhalten. Alle redeten auf mich ein, fragten mich aus, um zu erfahren, weshalb ich hier war. Ich antwortete nicht. Ich schämte mich meiner Geschichte, ich wollte nicht darüber sprechen. Am liebsten wäre ich davongelaufen. Mama ... Mein Haus ... Papa ... Ich fing wieder an zu weinen, ich litt, wie ich noch nie in meinem Leben gelitten hatte.

Ich schlang in aller Eile mein Frühstück hinunter, stand wortlos auf und kehrte in mein Zimmer zurück. Aber sie liefen mir nach und fragten aufs neue: »Warum bist du hier? Was hast du denn angestellt? Bist du von deinen Eltern verprügelt worden?« Aus mir würden sie nichts herauskriegen! Ich biß die Zähne zusammen und schwieg eisern. Das war mein Leben, und was passiert war, sollte mein Geheimnis bleiben.

Ich blieb standhaft: An dem Tag verriet ich kein Sterbenswörtchen von meiner Geschichte. An dem Tag bekam ich aber zum erstenmal meine Periode. Ich glaube nicht, daß das Zufall war, sondern eher eine Folge der Aufregung und des Schocks. Wieder einmal mußte ich alles allein bewältigen. Ich hatte niemand, mit dem ich hätte reden, der mir meine Fragen hätte beantworten können. Wenigstens war ich jetzt tatsächlich eine kleine Frau.

Am Tag nach meiner Ankunft sagte Alain zu mir: »Du mußt wieder zur Schule gehen. Genau gegenüber ist eine. Dort gehen alle Kinder von hier hin.«

Ich fing an zu heulen. Das mag sich vielleicht dumm anhören, aber daran hatte ich überhaupt nicht gedacht. Ich war der Meinung gewesen, ich würde den ganzen Tag im Heim bleiben und nichts tun. Der Gedanke, eine Schule besuchen zu müssen, versetzte mich erneut in Panik. Ich hatte Angst vor jeder Begegnung mit Fremden. Ich wollte einfach nicht mehr über meine Geschichte sprechen. Ich hatte die Fragen, ja sogar die Blicke satt. Einen Blick empfand ich bereits als Vorwurf. Niemand konnte mich verstehen. Ich dachte, ich sei selbst im Heim die einzige, die ein ernstes Problem hatte, die einzige, die etwas Schlimmes durchgemacht hatte.

Die anderen Kinder waren von zu Hause ausgerissen, weil es ihnen dort nicht mehr gefiel, weil sie sich unverstanden und ungeliebt fühlten, die Mutter depressiv oder der Vater Alkoholiker war. In meinen Augen war das alles nicht dramatisch. Keins der Kinder war von seinem Vater mißbraucht worden. Das war der Grund, weshalb mir im Umgang mit den anderen so unbehaglich zumute war.

Mir war ganz flau, als ich die Schule betrat. In meinem Bauch krampfte sich alles zusammen. Alles in mir sperrte sich dagegen. Sogar das Gehen fiel mir schwer. Alain suchte den Direktor auf, um mich anzumelden. Ich sollte die gleiche Klasse besuchen wie ein anderes Heimkind, damit ich mir nicht so verloren vorkäme. Der Direktor begleitete mich ins Klassenzimmer. Aber als ich vor den anderen stand, war es aus. Ich bekam einen hysterischen Anfall, weinte und schrie. Ich wollte nicht, ich konnte nicht! Alain hatte ein Einsehen. Er nahm mich an der Hand und meinte: »Das ist nicht tragisch. Dann wartest du eben noch ein paar Tage, bis du wieder zur Schule gehst. Vielleicht nächsten Montag …«

Ich kehrte mit ihm ins Heim zurück. Ich war ganz allein dort. Es war totenstill in dem großen Gebäude. Ich setzte mich vor den Fernseher und ließ ihn den ganzen Tag eingeschaltet. Fünf Minuten schaute ich zwischendurch immer mal hin. Meistens sah ich jedoch zum Fenster hinaus, ohne irgend etwas wahrzunehmen. Ich stellte mir vor, was meine Mutter jetzt gerade machte, und hoffte sehnlichst, daß sie mich bald hier herausholen würde. Ich dachte auch an meinen Vater. Es waren immer die gleichen Dinge, mit denen ich mich unablässig beschäftigte: unser glückliches Zuhause, die Vergewaltigung, das Unglück, das uns alle, Papa, Mama, meine Geschwister und mich, getroffen hatte … Wieder fing ich an zu schluchzen. Wie würde es weitergehen? Was hatten sie mit mir vor?

Am späten Nachmittag kamen die anderen Kinder aus der

Schule. Aber sie setzten sich gleich hin, um ihre Hausaufgaben zu machen. Ich hatte nichts anderes zu tun, als meine Probleme zu wälzen. Wie ein Film liefen die Ereignisse vor mir ab, immer wieder. Es gelang mir nicht, ihn anzuhalten. Dabei tat es so weh. Papa auf mir, Papa, der mich zum Sex zwang … Bis zum Abendessen dachte ich an nichts anderes. Nach und nach fanden sich alle im Speisesaal ein. Alle lächelten mir zu. Als wir um den großen Tisch herumsaßen, ging die Fragerei von vorn los: »Nun sag schon, warum bist du hier?«

Ich schwieg. Aber sie bekamen es doch heraus. So was spricht sich natürlich herum. Ich hörte sie hinter meinem Rücken tuscheln: »Sie ist von ihrem Vater vergewaltigt worden.« Das traf mich ziemlich hart. Ich zog mich mit meinen düsteren Gedanken in mein Schneckenhaus zurück und kapselte mich ab. Das war meine Art der Verteidigung.

Die nächsten Tage im Heim verliefen genauso wie der erste. Ich weigerte mich, zur Schule zu gehen, und blieb allein in dem großen, leeren Gebäude. Irgendwann war die Schonfrist dann aber doch zu Ende. Ich wurde mit neuen Gesichtern, neuen Fragen konfrontiert und begegnete ihnen abermals mit Schweigen und Verweigerung. Ich saß da und starrte zum Fenster hinaus, während ich unablässig über die gleichen Dinge nachgrübelte. Das ging so weit, daß ich die Stimme des Lehrers gar nicht mehr hörte. Als ob man sich nach einer solchen Erfahrung noch für Geschichte oder Geographie interessieren könnte!

Am Wochenende machten wir alle zusammen mit den Erziehern einen Ausflug, entweder einen Spaziergang durch die Stadt oder eine Wanderung irgendwo außerhalb im Grünen. Das machte es jedoch auch nicht erträglicher. Es war nun mal nicht dasselbe wie ein Ausflug mit der Familie. Ich hatte die Nase voll von diesem Heim. Am liebsten wäre ich weggelaufen. Aber da war nicht dran zu denken. Ich war zur Einsamkeit verurteilt. Ich hatte niemand, der auf mich und meine Probleme einging. Die Erzieher waren zwar sehr nett, aber sie konnten sich nicht um jedes einzelne Kind kümmern. Für mich war das eine schlimme Erfahrung, weil ich das überhaupt nicht kannte. Mein Vater hatte immer Zeit für mich gehabt, es war immer jemand für mich dagewesen.

Kinder können grausam sein; schon allein deshalb hätte ich mir gewünscht, daß die Erzieher mehr Zeit für uns gefunden hätten. Einmal stellte sich zum Beispiel eins der Mädchen vor mich hin und erklärte: »Du bist selbst schuld, wenn dein Vater dich vergewaltigt hat. Du bist eben eine Schlampe.«

Sie sagte mir das vor den anderen ins Gesicht. Obwohl ich dieses kleine Luder sowieso nicht leiden konnte, verletzten mich ihre Worte sehr. Ich war tief gekränkt. »Das hast du dir selbst zuzuschreiben, daß es soweit gekommen ist.«

Das hatte mir noch niemand unterstellt. Ich brach in Tränen aus. Und keiner kam und tröstete mich oder beruhigte mich mit den Worten: »Das stimmt nicht, das ist nicht deine Schuld.« Niemand half mir, niemand liebte mich.

Jeder Tag hielt eine weitere unangenehme Überraschung für mich bereit. Eine Woche nach meiner Ankunft im Heim teilte mir meine Mutter mit, mein Vater befände sich wieder auf freiem Fuß.

Ich dachte, mich trifft der Schlag. Mein Vater war frei. Nach nur vier Tagen Haft hatte man den Vergewaltiger aus dem Gefängnis entlassen. Der Richter war der Ansicht, er stelle »keine Gefahr für die Allgemeinheit« dar, wie es in der Amtssprache heißt. Man wolle der Familie nicht »den Ernährer« wegnehmen. Er würde bei seiner Mutter, bei meiner Großmutter Mireille, in Suze-la-Rousse wohnen. Und während kein Mensch ihm irgendwelche Vorschriften machen würde, verweigerte man mir, dem mißbrauchten Kind, das Recht, bei meiner Mutter zu leben. Mir war, als hätte ich einen Dolchstoß in den Rücken bekommen. Er war frei und ich eingesperrt. Im Gegensatz zu ihm stellte ich anscheinend eine Gefahr für die öffentliche Ordnung dar. O ja, ich war gefährlich! Und wie!

Der Mann, der seine kleine Tochter vergewaltigt hatte, stolzierte im Dorf umher und amüsierte sich in der Kneipe. Das war echt zuviel für mich. Die Leute hielten ihn für einen sympathischen Typ. Sie hatten Mitleid mit ihm, weil er seelisch angeknackst war, wofür sie seine Frau und seine Tochter verantwortlich machten. Sogar Großmutter Mireille stieß ins gleiche Horn. Zu meiner Mutter sagte sie: »Dein Mann braucht dich jetzt. Und außerdem ..., wenn Nelly im Heim ist, dann wird das schon seine Gründe haben. Ich meine, deinen Mann haben sie ja wieder freigelassen ...«

Das hat mir einen solchen Schock versetzt, daß ich mit Alain, dem Erzieher, darüber sprach. Er versuchte, mich zu beruhigen. »Ach was, sie haben ihn bestimmt nicht entlassen. Vermutlich hat er nur die Erlaubnis bekommen, ein paar persönliche Sachen zu holen, und dann muß er ins Gefängnis zurück.«

Alain irrte. Mein Vater mußte nicht ins Gefängnis zurück. Er verbrachte die drei Jahre bis zur Verhandlung in Freiheit. Unbehelligt. Und im Dorf stellte manch einer die gleiche Überlegung an wie meine Großmutter: »Wenn er draußen ist und die Kleine drin, dann wird sie ihn scharfgemacht haben und nicht umgekehrt.«

Daran sollten die Richter denken, wenn sie einen Kinderschänder auf freien Fuß setzen, während das mißbrauchte

Kind im Heim untergebracht wird. Sie sollten sich in die Lage des Kindes versetzen. Ich verstand das alles nicht. Wie sollte ich auch? Ich sagte mir, ich bin ein Kind, er ist ein Erwachsener. Ihm hat man geglaubt, mir nicht.

Ich hatte auf einmal panische Angst vor der Verhandlung. Am liebsten hätte ich alles rückgängig gemacht. Ich wollte nicht mehr vor Gericht aussagen. Alain versuchte, mir die Angst zu nehmen. »Aber warum ist mein Vater dann frei und ich muß hierbleiben?« Darauf konnte er mir auch keine Antwort geben. Mein Vertrauen in die Erwachsenen war zerstört.

Zum Glück durfte Mama mich besuchen. Sie kam jedes Wochenende. Ihre Besuche taten mir ungeheuer gut, auch wenn wir anfangs Schwierigkeiten hatten, miteinander zu reden. Wir mußten es beide erst wieder lernen. Unser Verhältnis wurde von Mal zu Mal besser. Manchmal dauert es eben eine Weile, bis man wieder zueinanderfindet und sich dem anderen zu öffnen wagt. Wir hatten nie über die Ereignisse gesprochen, wir hatten gar keine Gelegenheit dazu gehabt. Mama hatte erst an dem Tag, an dem Papa abgeholt worden war, von der Polizei erfahren, was passiert war, und dann waren wir auch schon getrennt worden.

Bei ihrem allerersten Besuch – mein Vater war noch im Gefängnis – hatte ich sie gefragt: »Was ist mit Papa? Hast du erreicht, daß er freikommt?« Großmutter Mireille habe seinem Anwalt zehntausend Francs gezahlt, damit er ihn aus dem Gefängnis hole, erwiderte sie.

»Mir macht es nichts aus, im Heim zu leben, weißt du«, hatte ich daraufhin ganz leise gesagt. »Ich komme allein zurecht. Ich bin schließlich kein Kind mehr. Bei Papa ist das was anderes. Papa braucht dich.« Mama glaubte ihren Ohren nicht zu trauen. Und da sprach sie zum erstenmal ganz offen mit mir, sie vertraute mir Dinge an, die sie bisher aus Angst um uns Kinder für sich behalten hatte. Sie erzählte mir, weshalb ihre Ehe mit Papa gescheitert war, was sie alles durchgemacht hatte, wie er sie geschlagen und bedroht, ihr sogar damit gedroht hatte, alle umzubringen, wenn sie ihn verließe. Sie sagte: »Dein Vater hat sich wie Rambo aufgeführt!«

Ganz langsam setzte sich in meinem Kopf ein neues Bild zusammen. Anfangs verhielt ich mich Mama gegenüber noch ziemlich reserviert, obwohl ich mich über ihre Besuche freute. Mir war nicht klar, warum sie kam, aber es war gut, sie zu sehen. Reden wollte ich allerdings nicht mit ihr. Mit der Zeit begriff ich jedoch, was sie in ihrer Ehe durchgemacht und was mein Vater ihr alles angetan hatte. Ich hatte das Gefühl, daß sie mich wirklich liebte, daß sie mich immer geliebt hatte. Gleichzeitig erkannte ich, wie sehr mein Vater mich belogen hatte. Es dauerte lange, bis ich fähig war, mir das einzugestehen. Ich hatte Papa blind vertraut und mich völlig von meiner Mutter abgewendet. Deshalb war bei uns alles schiefgelaufen.

Mama besuchte mich regelmäßig jede Woche. Jetzt brauchte sie nicht länger zu schweigen. Jetzt konnte sie endlich reden. Und mir gingen bald die Augen auf. Endlich hatte ich den Schlüssel zu meiner Geschichte. Mama brachte mir auch jedesmal Süßigkeiten mit. Und beim Abschied weinte sie. Jeder Besuch, jedes Gespräch brachte uns einander näher. Ich hatte endlich wieder eine Mutter! Nur eins wollte mir nicht in den Kopf: Warum war es ihr nicht möglich, mich nach Hause zu holen? Für ein kleines Mädchen ist das nicht leicht zu verstehen …

Zuerst dachte ich: Vielleicht war sie eingeweiht, vielleicht hat sie gewußt, was Papa mit mir machte. »Manche Mütter wissen es und sagen nichts«, klärten die Mädchen im Heim mich auf.

Irgendwann fragte ich Mama ganz direkt. Sie starrte mich fassungslos an. »Wie kannst du so etwas denken?« Sie schwor mir beim Leben von uns drei Kindern, sie habe keine Ahnung gehabt. Sie hatte absolut nichts gemerkt, nichts mitgekriegt, meine arme Mama, sie war ja vollgepumpt bis unter den Scheitel mit Schlaftabletten und Psychopharmaka ... Wenn sie es gewußt hätte, hätte sie die Kraft gefunden, meinen Vater umzubringen. Wir Kinder waren ihr ein und alles, das Liebste, was sie besaß. Als sie von der Polizei erfuhr, daß mein Vater mich vergewaltigt hatte, brach eine Welt für sie zusammen.

Meine Musiklehrerin besuchte mich ebenfalls. Das war kurz nach meiner Ankunft im Heim. Damals nahm ich ihr die Anzeige gegen meinen Vater ziemlich übel. Seine Verhaftung, meine Unterbringung im Heim, wo ich todunglücklich war, das alles hatten wir nur ihr zu verdanken. Warum hat sie sich überhaupt eingemischt? dachte ich. Was geht sie das eigentlich an? Ihretwegen sitze ich jetzt in der Tinte. Warum hab' ich Idiot auch den Mund aufgemacht und ihr alles erzählt!

In einer Situation wie meiner denkt man eben nicht logisch. Jeden Tag grübelte ich darüber nach. Und dann stand sie plötzlich da und wollte mich besuchen. Sie brachte mir Bonbons mit und ein Plüschtier, einen kleinen Hund, der einen Pantoffel im Maul trug. Tagelang schleppte ich den Hund mit mir herum, ich trennte mich keine Sekunde von ihm. Er war das einzige, was mir ganz allein gehörte. Trotzdem habe ich meiner Lehrerin Vorwürfe gemacht: »Warum bist du zur Polizei gegangen? Das hättest du nicht tun dürfen! Was soll jetzt aus mir werden? Was wird aus Papa? Und aus meiner Mutter?« »Ich habe es für dich getan«, antwortete sie. »Glaub mir, es geschah nur zu deinem Besten.«

Sie legte die Arme um mich und drückte mich an sich wie eine Mutter. »Was wäre denn aus dir geworden, wenn ich geschwiegen hätte? Was für ein Leben wäre das gewesen, mein armes Herz?«

Da ist bei mir der Groschen gefallen. Von der Seite hatte ich die Dinge noch gar nicht betrachtet. Hätte meine Lehrerin nichts unternommen, wäre ich vielleicht noch Jahre von meinem Vater mißbraucht worden. Mein Leben wäre die Hölle gewesen. Wahrscheinlich wäre ich irgendwann übergeschnappt. Ich hatte ja längst begriffen, daß ich für meinen Vater nur ein Gegenstand, ein Lustobjekt gewesen war. Er sah in mir weder ein Kind noch eine Frau, sondern lediglich ein Ding. Und er hätte mit Sicherheit irgendwann den Blick für die Wirklichkeit ganz verloren. Diese Geschichte wäre immer schmutziger, immer abartiger geworden. Als mir das bewußt geworden war, bedankte ich mich bei meiner Lehrerin. Und ich dachte: Was für ein Idiot bin ich doch gewesen! Was für ein Idiot! Warum hab' ich mir das gefallen lassen von meinem Vater! Warum hab' ich mich nicht gewehrt! Dann wäre alles anders gekommen. Ich wäre wie alle anderen Mädchen und hätte noch ein Zuhause.

Der Gedanke, daß sich die Dinge anders entwickelt hätten, wenn ich nur den Mund aufgemacht hätte, ließ mich nicht mehr los. Ich bereute mein Schweigen zutiefst. Andererseits, so sagte ich mir, hatte ich keine Wahl gehabt: Mein Vater hätte mich verprügelt, wenn ich es gewagt hätte, mich ihm zu widersetzen.

Nach zahllosen Gesprächen mit meiner Lehrerin und mit meiner Mutter sah ich die Dinge in einem anderen Licht. Steinchen für Steinchen setzte sich ein neues Bild zusammen.

Mir wurde beispielsweise klar, wie mies sich mein Vater meiner Mutter, aber auch Laury und Sandy gegenüber benommen hatte. Und daß er mich benutzt hatte, um Mama kaputtzumachen. Er hätte das Gewehr nehmen und sie erschießen können. Statt dessen benutzte er mich. Er hatte ein raffiniertes Spiel getrieben. Die Erkenntnis kam nicht von heute auf morgen, es brauchte lange, bis ich die Zusammenhänge durchschaute. Genau da liegt das Problem beim Kindesmißbrauch: Das Kind ist nicht in der Lage, das Erlebte zu verstehen und seine Wahrnehmungen richtig einzuordnen. Deshalb reagiert es nicht. Die Situation ist zu kompliziert, zu abartig, zu unwahrscheinlich. Wer kann sich schon vorstellen, daß ein Vater vorsätzlich seine kleine Tochter quält? Daß er sie zerbricht wie eine Puppe, die er wegwerfen will? Daß er den Ärger über seine unglückliche Ehe an seinem Kind ausläßt?

Es wurde Mai, dann Juni. Die Wochen vergingen, eine so eintönig wie die andere. Sie brachten nur schlechte Nachrichten. Eines Tages teilte meine Mutter mir mit: »Leila ist fort. Sie haben sie uns weggenommen. Das Jugendamt will eine neue Familie für sie suchen.« Ich brach in Tränen aus. Warum wurden wir schon wieder bestraft? Ich hatte die Kleine so lieb gehabt.

Es ging wirklich alles schief. Meine Mutter war pleite. Sie wußte nicht mehr, wo sie das Geld hernehmen sollte, um die Familie durchzubringen. Ein eigenes Einkommen hatte sie ja nicht. Zum Essen ging sie mit Laury und Sandy zu einer von meinen Tanten. Ich gab mir auch dafür die Schuld. Wir standen nicht mehr am Rand des Abgrunds, wir waren schon hinuntergefallen. Und niemand half uns aus unserer Not. Trotz allem waren wir fest entschlossen, die Krise zu bewältigen und wieder eine richtige Familie zu werden. Die erzwungene

Trennung empfanden wir als eine Ungerechtigkeit, die wir nicht hinnehmen konnten. Wir wollten noch einmal ganz von vorn beginnen, auf einer soliden Grundlage.

Irgendwann sagte Mama zu mir: »Ich habe die Scheidung beantragt. Und ich werde dich hier rausholen.«

Es gab nur einen Weg, der aus dem Heim hinausführte: über den Jugendrichter. Die Entscheidung lag bei ihm allein. Mama hatte ihm mehrmals geschrieben, aber nie eine Antwort bekommen. Keine Antwort, keine Entlassung! Niemand konnte mir sagen, wie lange ich noch im Heim würde bleiben müssen. Doch hoffentlich nicht bis zur Volljährigkeit? Das wären noch sechs Jahre! Mich packte die Angst, wenn ich daran dachte. Ich machte mich aufs Schlimmste gefaßt.

Mama hatte ein schlechtes Gewissen, weil es ihr nicht gelang, mich aus dem Heim zu holen. Und mir kamen manchmal Zweifel. Ich wurde mißtrauisch und fragte mich: Hat sie dem Richter wirklich geschrieben? Vielleicht will sie gar nicht, daß ich entlassen werde. Vielleicht hat sie mich die ganze Zeit belogen.

Wir hatten uns zwar versöhnt, Mama und ich, aber es war alles noch ganz frisch und zerbrechlich. Ich konnte einfach nicht glauben, daß der Brief einer Mutter an einen Richter unbeantwortet blieb. Deshalb beschloß ich, auf eigene Faust zu handeln und selber einen Brief zu schreiben. Ich ging in die Quinta, aber Rechtschreibung war nicht gerade meine Stärke. Da es einen Unterschied macht, ob man an einen Freund oder an eine hochgestellte Persönlichkeit schreibt, bat ich einen Erzieher um Hilfe. Ich setzte zwei Briefe auf: »Sehr geehrter Herr Richter, ich möchte wieder nach Hause zu meiner Familie, weil ich es im Heim nicht mehr aushalte.« Aber ich bekam genausowenig eine Antwort wie meine Mutter.

Jeden Tag wartete ich bei der Postausgabe gespannt darauf, daß mein Name aufgerufen wurde. Ich wartete einen Tag und noch einen, dann eine Woche und noch eine, dann einen Monat. Nichts. Meine Mutter hatte mich also nicht belogen. Ein Richter fühlt sich offensichtlich nicht verpflichtet, die an ihn gerichteten Briefe zu beantworten.

Der Sommer war da. Ferienzeit. Normalerweise wären wir ans Meer oder in die Berge gefahren. Ich hatte langsam wirklich Angst, sie würden mich hierbehalten. Ich fühlte mich wie eine Gefangene unter den vielen verängstigten Kindern und den mißhandelten, verstörten Frauen, die im Heim Zuflucht suchten. Von meinem Zimmer aus schaute ich den Autos nach, die Richtung Süden fuhren. Mama konnte nichts für mich tun, das war mir inzwischen klargeworden. Panik stieg in mir auf. Und irgendwann hatte ich alles so satt, daß ich Tabletten schluckte. Ich hatte sie Isabelle, einer Freundin, geklaut. Niemand außer mir wußte, wo sie sie versteckt hatte. Sie nahm sie nur, damit sie besser schlafen konnte. Ich nicht. Wer wirklich sterben will, findet immer einen Weg. Dann bin ich alle meine Probleme los, sagte ich mir. Hier unten ist kein Platz für mich. Dort oben wird es mir bessergehen.

Es hat leider nicht geklappt. Sie haben mich ins Krankenhaus gebracht. Ich war schon halb im Koma. Sie haben mir den Magen ausgepumpt und mich ins Leben zurückgeholt. »Außer Gefahr!« Sie waren erleichtert und ich wütend, weil ich wirklich sterben wollte. Teils aus Rache, teils aus Protest fing ich an, jede Menge Dummheiten zu machen.

Carole und Angélique, meine beiden Zimmergenossinnen, waren mit von der Partie. Mir gefielen ihre Namen so gut, und außerdem kamen wir prima miteinander aus. Sie waren von zu Hause ausgerissen, weil sie es einfach nicht mehr ausgehalten hatten. Carole war groß, rotblond und hatte eine tolle Figur. Angélique war klein, mit dunklen Locken, und immer zu Späßen aufgelegt. Sie waren zwei Jahre älter als ich. Im Lauf der Zeit waren wir richtige Freundinnen geworden.

Wir tranken Alkohol zusammen und rauchten Haschisch. Ja, sogar in einem Heim kommt man an welches ran, wenn man das möchte. Aber von dem Zeug sollte man besser die Finger lassen. Wir drehten uns einen Joint, um unsere Probleme zu vergessen, der Wirklichkeit zu entfliehen. Manchmal gingen wir auch in die Stadt. Mittwochs hatte ich Ausgangserlaubnis, und dann trampten wir nach Avignon. Oder wir gingen zu Fuß, wenn uns keiner mitnahm. In Avignon lernten wir einige Jungs kennen. Sie waren älter als wir und besorgten uns Haschisch. Ich brauchte nicht mal dafür zu bezahlen. Sie verlangten auch sonst nichts von mir. Eigentlich hätte ich genausogut darauf verzichten können, aber wenn ich welches hatte, rauchte ich es auch.

Das mit dem Alkohol und den Drogen war totaler Quatsch, bloß eine andere Form der Selbstzerstörung. Aber dadurch gelang es mir, wenigstens für eine Weile alles hinter mir zu lassen. Die häßlichen Erinnerungen auszulöschen. Damals begann ich auch, mich selbst zu verstümmeln. Mit einem Messer oder mit den scharfen Rändern von Bierdosen brachte ich mir Schnittwunden an den Armen bei. Die Narben sieht man heute noch. Ich war nicht mehr ich selbst. Ich war nicht mehr Nelly, das liebe kleine Mädchen, die behütete Quintanerin. Der Wildfang, der durch den Wald streifte und auf Bäume kletterte. Ich war jetzt ein verwahrlostes Gör aus dem Heim. Ich rutschte ab, verlor den Halt.

Es gab Tage, da spielte ich den Säugling. Ich weigerte mich, etwas anderes als Flaschennahrung zu mir zu nehmen. Und ich hatte ständig einen Schnuller im Mund. Ich entwickelte mich zurück zum Kleinkind. Ich weinte und schrie nach meiner Mama. Dann wieder malte ich mich mordsmäßig an und machte einen auf scharfe Braut.

Ich war total von der Rolle. Weil ich von meinem eigenen Vater vergewaltigt worden war. Weil man mich in dieses Heim gesteckt hatte und verwahrte wie eine Gefangene. Und das schon seit zwei Monaten.

Ich war überzeugt, daß ich nie wieder nach Hause kommen würde. Hatte ich nicht etwas getan, wofür ich bestraft werden mußte? Wen ich auch fragte, niemand konnte mir sagen, wie lange ich noch im Heim bleiben mußte. Da beschloß ich abzuhauen. Zusammen mit meinen beiden älteren Freundinnen Carole und Angélique, die für jede Dummheit zu haben waren. Eine ganze Woche lang dachten wir darüber nach, wie wir es am geschicktesten anstellen könnten. Dann hatten wir endlich einen todsicheren Plan ausgeheckt. Wir wollten im Supermarkt gegenüber nur schnell etwas besorgen, sagten wir den Erziehern, wir wären gleich wieder da. Gut. Wir trugen uns also in die Ausgangsliste ein, verließen das Gebäude und kehrten nicht wieder zurück.

Wir hatten mit einem Freund verabredet, daß er unsere Taschen aus dem Heim schmuggeln sollte, aber es gelang ihm nicht. Irgend jemand hatte sich lieb Kind machen wollen und uns verpetzt!

Wir schlenderten stundenlang durch Avignon. Es gibt nette kleine Straßen dort, viele Plätze, einen prächtigen Papstpalast. Nachts sind die Straßen wie ausgestorben. Es war wunderschön, und mir ging es richtig gut. Für mich war es das erste Mal, daß ich bei Dunkelheit unterwegs war …

Sobald irgendwo ein Streifenwagen auftauchte, versteckten wir uns. Wir dachten jedesmal, die wären hinter uns her, solchen Schiß hatten wir. Am anderen Morgen wollten wir in den Zug nach Nîmes steigen. Carole hatte uns von einem leerstehenden Haus erzählt. »Dort können wir wohnen. Geld werden wir schon irgendwie auftreiben. Wir suchen uns irgendeine Arbeit.«

Wir hatten an alles gedacht. Aber dann lernten wir ein paar Jungen kennen. Sie waren schon volljährig. Wir folgten ihnen in einen Stadtpark, wo wir übernachten wollten, und erzählten ihnen unsere Geschichte.

»Ihr solltet ins Heim zurück, ehrlich«, meinten sie da. »Vor allem du, Nelly. Du bist noch viel zu jung. Die Flatter machen, das ist nicht dein Ding.« Es war vier Uhr morgens. Ich wollte aber nicht kneifen, ich wollte die Sache wirklich bis zum Ende durchziehen. Da packten sie mich, und einer warf mich über seine Schulter wie einen Sack Kartoffeln. So lieferten sie mich im Heim ab. Das war ganz schön demütigend.

Als erstes fing ich mir drei Ohrfeigen ein. »Die hast du auch verdient, meinst du nicht? Warte nur, bis deine Mutter kommt! Die wird dir was erzählen! Tausend Ängste hat sie ausgestanden deinetwegen. Jede Stunde hat sie hier angerufen, um zu erfahren, ob es etwas Neues gibt. Diesmal hast du's wirklich zu weit getrieben. Glaub ja nicht, daß der Richter dich jetzt nach Hause gehen lassen wird.« Ich fing an zu heulen. Das hatte ich jetzt davon!

Mama kam gegen neun. Ich stand da mit gesenktem Kopf und zitterte am ganzen Leib. Aber die erwartete Gardinenpredigt fand nicht statt. Mama nahm mich statt dessen in die Arme, drückte mich an sich, küßte mich. »Mein Liebling, mein Kind, mein armer Schatz«, stammelte sie schluchzend.

Da wurde mir klar, wie sehr sie sich um mich geängstigt haben mußte. Ich konnte ihr vertrauen. Sie war meine Mutter. Ich holte tief Luft und gestand ihr: »Du, Mama, von dem Geld, das du mir gibst, kaufe ich mir Zigaretten.« Sie wollte es mir nicht glauben. Also zündete ich mir vor ihren Augen eine Zigarette an und fing an zu rauchen.

»Wo hast du das gelernt?« fragte sie. Im Heim natürlich, von den anderen. Ich erzählte ihr alles: daß ich Alkohol trank und Haschisch rauchte, mir Schnittwunden an den Armen zugefügt und die Flucht aus dem Heim zusammen mit meinen beiden Freundinnen geplant hatte. Wir redeten stundenlang.

»Mein armer Schatz«, sagte sie. »Du hast soviel durchgemacht. In ein paar Monaten hast du Dinge erlebt, an die ich nicht einmal im Traum denken möchte.« Wir haben geweint und geredet. Wir hatten eine Menge nachzuholen. Mama war mir gegenüber genauso offen. Sie vertraute mir an, daß sie einen Freund hatte. Philippe war der Vater einer ehemaligen Klassenkameradin. Ich kannte ihn.

Sie erzählte mir, wie sie sich angefreundet hatten und sich im Lauf der letzten Wochen nähergekommen waren. Auch Philippe hatte Eheprobleme, wenngleich seine eher alltäglich waren: Er und seine Frau hatten sich einfach auseinandergelebt. Mama traf sich ziemlich oft mit ihm. Sie fühlte sich zu ihm hingezogen, weil er als einziger sich in ihre Lage hineinversetzen konnte und sie verstand. Er gab ihr Kraft in dieser schwierigen Situation. Sie liebte ihn, und er liebte sie. Im ersten Augenblick gab es mir trotzdem einen Stich, ich meine wegen Papa. Sie hatte ihn durch einen anderen Mann ersetzt. Aber ich habe nichts gesagt.

Dann sprach ich wieder über mich, darüber, wie ich mich verändert hatte. Und die neue Nelly brauchte sie mehr denn je. Früher, bevor ich ins Heim kam, hatten wir nie so offen miteinander reden können. Zum Schluß fragte ich sie noch: »Dann hast du mich also wirklich lieb?« Sie drückte mich fest an sich. »Ich liebe dich mehr als mein Leben.«

Ihr wurde klar, daß ich bis zuletzt an ihrer Liebe gezweifelt hatte. Ich hatte den ganzen Unsinn, den mein Vater mir aufgetischt hatte, geglaubt. Bei den Schulden, die sie angeblich gemacht hatte, handelte es sich schlicht um Stromrechnungen, die bezahlt werden mußten. Und das war nur ein Beispiel von vielen.

Drei Monate war ich jetzt schon im Heim! Und genauso lange wartete ich darauf, wieder nach Hause zu dürfen. Endlich bekam ich einen Termin bei Monsieur Picard, dem Richter. Ich fuhr nach Avignon zum Gericht, einem alten, dunklen Gebäude im Stadtzentrum. Monsieur Picard erwartete mich in einem kleinen Zimmer am Ende eines Flurs. Er war ein großgewachsener, breitschultriger Mann mit weißen Haaren. Er forderte mich auf, Platz zu nehmen, blieb selbst aber stehen. Ich war erst ein wenig befangen. Immerhin entschied er über meine Zukunft. Ich mußte mir genau überlegen, was ich sagte. Von meinen Antworten würde es abhängen, ob ich im Heim bleiben müßte oder nicht. Ich war auf der Hut.

Dann setzte er sich, und meine Angst war plötzlich wie weggeblasen. Ich hatte keinen Richter mehr vor mir, sondern einfach einen sehr netten, sanften Mann, zu dem ich Vertrauen hatte. Wir unterhielten uns nicht über den Tatbestand, also weder über meinen Vater noch über die Geschichte an sich. Wir redeten nur über das Heim. Das sei nichts für ein Mädchen meines Alters, sagte ich ihm, es nütze überhaupt nichts, mich dort einzusperren, außerdem dürfe ich nicht für etwas bestraft werden, das ich nicht getan hatte, mich treffe doch gar keine Schuld. Ich erzählte ihm auch von meiner Mutter und den langen Stunden, die ich mit Grübeln und Weinen zubrachte, weil ich nicht verstand, warum man mich nicht nach Hause gehen ließ.

Ich hatte offensichtlich den richtigen Ton getroffen, denn als ich geendet hatte, meinte er: »Ich denke, ich kann etwas für dich tun.« In dem Moment wäre ich ihm am liebsten um den Hals gefallen! Was ich natürlich nicht tat, aber ich war wirklich außer mir vor Freude. »Du wirst bald nach Hause zu deiner Familie zurückkehren können«, versprach Monsieur Picard.

Ich dachte an meine Mutter und an meine Geschwister. Frei! Endlich frei! Ich konnte es kaum erwarten, wenngleich mir bei dem Gedanken an Papa ziemlich mulmig war. Er wohnte nach wie vor bei Großmutter Mireille im Dorf. Ob er versuchen würde, Kontakt zu mir aufzunehmen? Würde er mir nachstellen?

Am 6. September 1990 verließ ich das Heim, in dem ich seit Mai untergebracht war. Monsieur Picard hatte eine Bedingung an meine Entlassung geknüpft: Gemeinsam mit Mama, Laury und Sandy mußte ich einen Pädagogen im Gesundheitsamt aufsuchen. Die ganze Familie sollte sich einer Psychotherapie unterziehen, die uns alle wieder ins Lot bringen sollte. Ein ganzes Jahr hat diese Therapie gedauert. Wir haben nie recht daran geglaubt. Vielleicht ein Fehler, wer weiß.

Der Therapeut malte kleine Figuren auf eine Wandtafel. Sie stellten Papa, Mama, Nelly, Sandy und Laury dar. Dann erklärte er meinen Geschwistern, was »Papa mit Nelly gemacht« hatte. Ich weigerte mich, darüber zu reden. Ich hatte keine Lust, meine Geschichte einem Wildfremden zu erzählen, schon gar nicht jemandem, der fürs Zuhören bezahlt wurde. Und ich wollte auch nicht vor Laury und Sandy, die das alles nicht verstanden, darüber sprechen. Es war allein meine Geschichte.

Daraufhin wurde ich zu einer Einzeltherapie zu einem

Psychiater geschickt. Der redete mit mir wie mit einer geistig Minderbemittelten. Nachdem ich mir sein Gerede eine Weile angehört hatte, wurde es mir zu dumm, und ich erklärte ihm: »Ich habe Ihnen nichts zu sagen!«

Das war einfach nicht mein Ding. Ich wollte leben, nichts weiter. Einen Schlußstrich unter die Vergangenheit ziehen. Die gräßlichen Bilder in meinem Kopf vergessen. Ich wollte nicht, daß auf einer Wandtafel dargestellt wird, was Papa mit Nelly gemacht hatte. Ich wollte genießen, was von meiner Jugend noch übriggeblieben war. Ich wollte so sein wie alle Mädchen meines Alters. Aber war das überhaupt möglich?

Ich war völlig aus dem Gleichgewicht geraten und total depressiv. Aber ich ließ nichts nach außen dringen, ich tat alles, damit niemand etwas merkte. Ich versuchte zu verdrängen, so gut es ging. Ich wollte stark sein, wollte den Eindruck erwecken, daß ich alles verarbeitet und verkraftet hatte. Wenn ich gesagt hätte: »Ich kann nicht mehr«, wenn ich zusammengebrochen wäre, hätte ich meine Mutter mit hinabgezogen, weil ihr die Kraft fehlte, uns beide aufzufangen. Ich mußte durchhalten, schon den anderen zuliebe, die soviel schwächer waren als ich.

Ich dachte an meine Schwester Sandy. Wenn er ihr das alles angetan hätte? Ich komme schon irgendwie drüber weg, ich schaff' das schon, auch wenn es nicht immer leicht ist, sagte ich mir. Aber sie? Sie hätte es nicht verkraftet, das steht fest. Und wenn meinem Vater mehr Zeit geblieben wäre, hätte es auch für mich sehr viel schlimmer geendet. So hatte er nur einen Teil von mir zerstört, aber nicht alles. Wäre es jedoch noch lange so weitergegangen, hätte er mich vollends kaputtgemacht.

# Eine kaputte Familie

Von einem Erlebnis, wie ich es hatte, erholt man sich nicht mehr. Hinzu kommt, daß die ganze Familie in Mitleidenschaft gezogen wird. Alles, restlos alles ändert sich …

Ja, genauso war es: Mein Leben hatte sich radikal geändert. Ich brachte es nicht mehr fertig, mit Gleichaltrigen zu spielen oder mit ihnen zu reden. Sogar meine Cousins und Cousinen waren mir fremd geworden: Sie sahen mich mit anderen Augen, und ich wußte mit ihnen und ihren Spielen nichts mehr anzufangen. Ich war schmutzig, ich schämte mich viel zu sehr. Meine Geschichte stempelte mich zur Außenseiterin. Ich lebte in einer anderen Welt, einer Welt jenseits der Vorstellungskraft.

Nach so einem Erlebnis stürzt alles ein, nicht nur in einem selber, sondern auch ringsumher. Man ist ganz allein, auf sich selbst gestellt, niemand hilft einem, niemand sagt einem, wie es weitergeht. »Sie lassen uns einfach hängen«, beklagte sich Mama immer wieder. Es gibt nichts, woran man sich festhalten könnte, keinerlei Orientierungshilfen. Man wird aufgefordert, jeden Fall von Kindesmißbrauch anzuzeigen. Das ist auch richtig. Aber hinterher kann man sehen, wie man zurechtkommt! Das finde ich einfach ungerecht. Hier müssen noch viele Lücken geschlossen werden.

Nach meiner Entlassung aus dem Heim hat uns keine einzige Sozialhelferin besucht. Es gab lediglich die Aide en Milieu Ouvert (AMO): ein vierzehntägiges Treffen mit einem

Pädagogen, bei dem über dies und jenes geplaudert wurde. Angesichts unserer Sorgen und Schwierigkeiten, unserer materiellen und seelischen Notlage war das herzlich wenig.

Der Inzest ist etwas schwer Verständliches, zu viele Dinge werden in Frage gestellt. Das ist auch mit ein Grund, weshalb ich dieses Buch geschrieben habe: weil ich zeigen möchte, was verbessert werden müßte, welche Fehler durch Beratung und Unterstützung vermieden werden könnten. Das einzige, womit man in Fällen wie meinem nämlich rechnen kann, ist Ablehnung und Einsamkeit.

Anfangs versuchten Mama, Laury, Sandy und ich, unser altes Leben wiederaufzunehmen. Wir kehrten in unser Haus im Wald zurück, weil wir keine andere Bleibe hatten. Niemand im Ort war bereit, uns aufzunehmen (Großmutter Mireille kümmerte sich ja bereits um ihren Sohn), und zum Wegziehen fehlte uns das Geld. Aber wir konnten nicht in unserem Häuschen bleiben. Unmöglich. Zu viele schmerzliche Erinnerungen stürmten dort auf mich ein. Wie sollte ich da vergessen können? Dabei liebten wir es doch so, unser kleines Haus!

Und wir scheuten wirklich keine Mühe. Als erstes wechselte Mama mein Bettzeug aus: Lattenrost, Matratze, Bettwäsche, Kissen, Decke, alles. Sie schüttete Benzin darüber und zündete es an. Meine Geschwister und ich standen um den brennenden Haufen herum und sahen zu, wie unsere Vergangenheit in Rauch aufging. Genützt hat es nicht viel, denn meine Erinnerungen sind nicht mit verbrannt. Sie hielten sich hartnäckig in meinem Kopf.

Daraufhin hat Mama mich in einem anderen Zimmer einquartiert. Sie wollte nicht, daß ich da schlafe, wo ich von meinem Vater vergewaltigt worden war. Auch das hat nichts geholfen. Ich hatte das Gefühl, er ist da, im Zimmer. Er kommt auf mich zu. Er legt sich auf mich. Er ist so schwer. Ich bekomme keine Luft mehr. Immer und überall sah ich meinen Vater. Ich durchlebte alles noch einmal. Wo ich mich auch aufhielt, was ich auch machte, er war immer da. Es gab kein Entrinnen. Das ganze Haus war von ihm durchdrungen, von seiner Stimme, seinem Atem – von den Dingen, die er mir angetan hatte.

Ich hatte ständig Angst, daß er jeden Moment vor mir auftauchen könnte: im Wohnzimmer, wo die Couch stand, auf der er mich mißbraucht hatte, im Bad, wo er an mir herumgefummelt und mich geküßt hatte, um mich »einzustimmen« auf das, was danach kam … Ich rannte aus dem Haus. Fort, nur fort von ihm. Ich tat, was ich mich früher nie getraut hatte: Ich lief vor ihm davon, ich ergriff die Flucht. Aber draußen wartete er schon auf mich. Ich begegnete ihm auf dem kleinen Schotterweg oder an dem Mäuerchen, das wir zusammen errichtet hatten. Er war überall. Genau wie früher. Sogar in den Bäumen, den Kiefern, auf die ich mich flüchtete. Es machte keinen Spaß mehr, in ihren Ästen zu hocken und die Gegend von dort oben zu betrachten. Ich hätte mich am liebsten in die Tiefe fallen lassen. Ich wollte nicht mehr leben. Vielleicht würde ich dann endlich Ruhe vor ihm haben. Nein, bestimmt nicht, er würde mich noch im Tod verfolgen.

Meine Mutter versuchte alles, was böse Erinnerungen wachrufen könnte, von mir fernzuhalten. Ich durfte nicht mehr kochen, putzen, aufräumen. Sie ließ mich nichts tun, was an meine Rolle als kleine Hausfrau erinnerte. Zu guter Letzt schafften wir uns sogar ein neues Sofa an, obwohl wir wirklich knapp bei Kasse waren. Dann stellten wir die Möbel um. Aber es half alles nichts. Die Erinnerungen blieben und mit ihnen mein Vater.

Wenn ich vor dem Fernseher saß, war es, als säße er wieder neben mir. Er küßte und betatschte mich. Was ich nicht erzählt habe: Wenn meine Geschwister mit uns fernsahen, breitete Papa eine Decke über seinen und meinen Schoß aus, damit er darunter ungestört an mir herumfummeln konnte. Während Mama nebenan schlief und meine Geschwister nichtsahnend neben uns auf der Couch saßen, schob er seine Hand in meinen Slip und streichelte mich. Er tat mir weh mit seinen Fingern, und ich schämte mich so … Aber ich sagte nichts.

Es gelang mir nicht, die Erinnerung an die Dinge, die in diesem Zimmer passiert waren, zu verdrängen. Mir wurde noch immer übel beim bloßen Gedanken daran. Dieser Klumpen in meinem Bauch … Und die Demütigung. Wenn wir am großen Tisch aßen, blieb der Platz meines Vaters leer, aber ich hatte trotzdem das Gefühl, er sitzt mir gegenüber. Er war allgegenwärtig. Und mit ihm alles, was er mir angetan hatte.

Wir konnten nicht länger in diesem Haus bleiben. Es war, als läge ein Fluch darauf, so wie in manchen Filmen, wo die Gespenster der Vergangenheit die Bewohner so lange verfolgen und quälen, bis sie den Verstand verlieren. Für Fremde sind sie unsichtbar, aber den Bewohnern machen sie das Leben zur Hölle. Und mich verfolgte das Gespenst meines Vaters.

Irgendwann gaben wir auf und packten die Koffer.

Ich habe meinen Vater gehaßt. Mir war klargeworden, daß ich ihn nie würde abschütteln können. Mein ganzes Leben lang würde ich diesen Klumpen im Bauch und diese Schande mit mir herumtragen. Ich habe ihn auch deswegen gehaßt, weil wir durch seine Schuld eine Menge verloren hatten. Wir waren keine Familie mehr. Laury und Sandy litten unter der Situation. Mama mußte mit allem allein fertig werden. Man hatte uns Leila weggenommen. Wir hatten das Haus verloren. Meine Großeltern redeten nicht mehr mit mir. Auch sie waren mit der ganzen Situation völlig überfordert. Völlig fassungslos. Sie kannten nur die Version ihres Sohnes, der nach wie vor bei ihnen wohnte. Und natürlich hatten wir auch ihn, unseren Vater, verloren.

Das alles war für mich genauso schlimm wie der Mißbrauch selbst, denn auf die eine oder andere Weise hatte er jedem von uns geschadet. Seinetwegen haben wir alles verloren, sagte ich mir immer wieder, seinetwegen sitzen wir jetzt in der Tinte. Das, was er mit mir gemacht hatte, versuchte ich herunterzuspielen, indem ich mir einredete: Ich komm' schon drüber weg. Es ist zwar furchtbar, aber ich bin schließlich nicht die einzige, der so was passiert. Ich habe eben Pech gehabt, was soll's! Wenn es Sandy getroffen hätte, wäre es viel schlimmer gewesen. Es ist nun mal passiert, das ist nicht zu ändern. Und es geht nur mich etwas an, es ist allein mein Problem. Hauptsache, wir können endlich wieder ein normales Leben führen wie eine ganz normale Familie, damit Laury und Sandy keinen dauerhaften Knacks bekommen … Um die beiden machte ich mir die größten Sorgen.

Ich selbst war am Ende. In mir war alles zerbrochen. Ich spürte es genau. So, wie wenn man nach einem Unfall am Straßenrand liegt und nicht weiß, ob man überleben wird oder nicht. Die Angst saß tief. Aber ich wollte mir nichts anmerken lassen, ich versuchte sie zu unterdrücken, zu ersticken. Alle sollten glauben, ich hätte es geschafft und die ganze Sache locker weggesteckt. Meine Mutter durfte auf keinen Fall merken, wie schlecht es mir ging. Sie befand sich ja selber in einem äußerst labilen Zustand, sie hätte es nicht verkraftet, wenn ich zusammengebrochen wäre. Und so habe ich eben die Starke gespielt, habe so getan, als sei das alles nicht der Rede wert, als ließe es mich völlig kalt. Hundertprozentig funktioniert hat es nicht, aber ich konnte mich erstaunlich gut verstellen.

Wir landeten in einer kleinen Wohnung in einem Vorort von Orange, nur wenige Kilometer von unserem Häuschen entfernt. Mir brach es fast das Herz, ich hatte doch immer im Grünen, mitten im Wald, gewohnt. Der Umzug bedeutete in jeder Hinsicht einen gründlichen Wechsel: andere Möbel, anderes Geschirr, eine komplett neue Einrichtung. Meine Mutter hatte sich alle Mühe gegeben, unsere Vergangenheit auszulöschen. Die Erinnerungen ließen sich leider nicht ausmerzen. Sie folgten uns in die neue Umgebung. Man kann eben alles austauschen, nur das nicht.

Meine Mutter wollte uns wieder ein Zuhause geben, eine richtige Familie aus uns machen, auch ohne Vater. Uns »neu strukturieren«, wie sie sagte. Das wurde zur fixen Idee bei ihr. Manchmal kam Philippe, ihr Freund, zu Besuch. Das war dann so eine Art Vorgeschmack auf einen neuen Papa. Laury gefiel das gar nicht. Sandy hingegen, die sehr liebesbedürftig war, akzeptierte ihn anscheinend. Mir war das ganz egal, ob er da war oder nicht. Aber Mama brauchte ihn, seine Besuche bedeuteten viel für sie. Er war ja der einzige, der zu ihr hielt. Die Bekannten von früher waren Freunde von beiden gewesen. Sie wohnten alle in Papas Heimatort und hatten sich nach der Trennung auf seine Seite geschlagen.

Und ich? Ich war noch immer zutiefst beschämt, hatte noch immer diesen schmerzhaften Klumpen im Bauch. Ich ließ nichts an mich herankommen. Den Fragen meiner Geschwister versuchte ich auszuweichen. Bloß nicht reden, damit wir nicht auf die alte Geschichte zu sprechen kämen! Sie wollten wissen, was genau eigentlich passiert war. Sie verstanden das alles nicht. Ich aber hatte ein schlechtes Gewissen, ich fühlte mich schuldig. Also kapselte ich mich ab. Ich hatte keine große Lust, mich in die Familie zu integrieren, die Mama aufzubauen versuchte. Familie ist etwas Schönes, es bedeutet aber auch Fragen, Neugier, Anteilnahme, wenig Privatsphäre.

Ich wollte in Ruhe gelassen werden. Deshalb stellte ich den Fernseher in mein Zimmer. Ich saß stundenlang vor der Glotze, ganz allein. Das hinderte mich daran, dauernd meinen trübsinnigen Gedanken nachzuhängen. Aber irgendwann mußte ich notgedrungen auch mal raus aus meinem Zimmer, und dann begegnete ich meiner Mutter und meinen Geschwistern. Ich ertrug weder ihre Blicke noch ihre Fragen und schon gar nicht ihr Mitleid. Wenn ich mit ihnen hätte reden wollen, hätte ich ihre Nähe gesucht. Aber ich konnte einfach nicht. Dabei haben sie mir nie irgendwelche Vorwürfe gemacht oder mich gar beschimpft, wie es mir im Heim passiert ist. Trotzdem: Ich wollte allein sein mit meinen Problemen.

Keiner verstand, weshalb ich so still, so aggressiv, so verschlossen war. Ich wiederum fand, sie kümmerten sich alle viel zuviel um mich, und wünschte mir, sie würden nicht ständig so ein Theater um mich machen. Wer konnte denn wirklich nachempfinden, was ich durchgemacht hatte? Niemand! Dachte ich jedenfalls.

Einmal waren wir alle bei einer Bekannten meiner Mutter eingeladen. Im letzten Augenblick machte ich einen Rückzieher und weigerte mich mitzugehen. Ich hatte Angst vor der Begegnung mit Fremden. Ich blieb allein zu Haus. Da rief die Bekannte an und fragte, wie es mir ginge. »Ich weiß, daß du große Probleme hast. Wenn du willst, können wir uns gern darüber unterhalten. Warum kommst du an einem der nächsten Samstage nicht einfach mal vorbei?«

Statt einer Antwort knallte ich wütend den Hörer auf die Gabel. »Warum könnt ihr mich nicht in Ruhe lassen? Ich will nicht darüber reden! Das geht nur mich etwas an! Wann kapiert ihr das endlich?« In diesem Moment dachte ich wieder ans Sterben. Dann wäre endlich Ruhe, sagte ich mir.

Unser Zusammenleben unter diesen Umständen war wirklich nicht leicht. Daher flüchtete ich bei jeder sich bietenden Gelegenheit aus der Wohnung. Ich beschloß, mich auszutoben, sozusagen das Versäumte nachzuholen, in eine andere Rolle zu schlüpfen: die des leichtlebigen Teenagers. Wenn ich total down war, schüttete ich heimlich Alkohol in mich rein und rauchte. Ich legte ein dickes, grelles Make-up auf, schminkte mir die Augen ganz dunkel und malte mir die Lippen knallrot an. Ich hatte mich völlig verändert. Ich zog Schuhe mit hohen Absätzen an und kleidete mich ganz merkwürdig, nicht wie ein Mädchen meines Alters, sondern wie eine erwachsene Frau, wie ein Flittchen. Und so versuchte ich mich auch zu benehmen. Ich war nicht mehr die süße kleine Nelly, wie meine Mutter sie gekannt hatte. Trotzdem hat Mama nie an mir herumgenörgelt. Sie sagte nur, daß das nicht zu mir passe, mehr nicht.

Es hat ihr sehr weh getan. Vielleicht wollte ich mich in gewisser Weise rächen für das, was mir angetan worden war. Vielleicht versuchte ich auch nur zu verdrängen. Oder die Aufmerksamkeit auf mich zu lenken, einen Hilferuf auszusenden, damit man auf meine Not aufmerksam wurde.

In jenem Jahr bin ich viel mit Jungs ausgegangen. Aber bei jeder Verabredung benahm ich mich richtig biestig und war ziemlich gemein zu ihnen. Es machte mir Spaß, ihnen weh zu tun, sie leiden zu sehen. Ich verstand selbst nicht, warum. Irgendwann sprach ich mit meiner Mutter darüber. »Vermutlich willst du dich an ihnen für das rächen, was dein Vater dir angetan hat«, meinte sie. Wahrscheinlich hatte sie recht: Sie sollten genauso leiden wie ich. Das war nicht sehr nett von mir, aber für mich war das der einzige Weg, mir Erleichterung zu verschaffen, sozusagen Dampf abzulassen.

Einmal sagte eine Freundin zu mir: »Wie du die Jungs behandelst, ist echt fies. Du bist ein richtiges Ekel.« Ich zuckte mit den Schultern. »Was verstehst du schon davon. Das sind doch alles Mistkerle …«

Ich mußte eben immer an meinen Vater denken und daran, wie er sich mir gegenüber verhalten hatte. Die Erinnerung kam immer wieder hoch. Wenn ich mit einem Jungen ausging, war es besser, er ließ die Finger von mir. Ich konnte es nicht ertragen, angefaßt zu werden. Dann setzte es sofort eine Ohrfeige. Ein kleiner Kuß, dagegen war nichts einzuwenden. Aber bloß nicht anfassen! Ich hatte einen Horror vor jeder noch so flüchtigen Berührung. Alles in mir sträubte sich dagegen. Genau den Fehler hatte ich nämlich bei meinem Vater gemacht: Ich hatte mich von ihm berühren lassen. Das sollte mir nicht noch einmal passieren. Ich hatte Angst, es könnte weiterführen, Angst, es würde wieder damit enden, mit dem Akt … mit der Vergewaltigung. Sofort wurden Erinnerungen an meinen Vater wach, und sein Bild stieg vor mir auf. Das löste einen unüberwindbaren inneren Widerstand aus.

Als der erste Junge, mit dem ich nach der Geschichte mit meinem Vater ausging, mir eines Tages einen Kuß gab, hatte ich das Gefühl, daß er mich wie Papa küßte. Mir war ganz komisch zumute, mir wurde richtig übel.

Du stehst noch unter Schock, sagte ich mir, das gibt sich, du wirst sehen. Du schaffst es, du mußt nur wollen. Los, Nelly, da mußt du durch, sonst kannst du dich gleich begraben lassen. Nichts zu machen, es ging einfach nicht. Sobald dieser Junge in meine Nähe kam, war es aus. Und die anderen durften mich nicht anfassen. Selbst die harmloseste Berührung erzeugte Abscheu in mir.

Drei Jahre nach der Vergewaltigung ging ich einmal mit einem Jungen aus, den ich sehr nett fand. Wir sind vier Monate zusammengeblieben. Ich war total verknallt in ihn, und irgendwann haben wir dann auch miteinander geschlafen. Für mich war es das erste Mal ... Aber es war nicht so wie für andere Mädchen. Das erste Mal ist sehr wichtig. Mein Vater hatte mich um dieses bedeutsame Ereignis gebracht. Und deshalb war es jetzt um so schwieriger für mich. Ich sperrte mich innerlich dagegen. Zumal mein Freund meinem Vater ein bißchen ähnlich sah: groß, dunkelhaarig, matter Teint, grüne Augen. Genau wie mein Vater.

Ludovic, so hieß mein Freund, wußte, was passiert war, und war daher besonders zärtlich und rücksichtsvoll. Dennoch konnte er mir die Angst nicht nehmen. Solange unsere Beziehung dauerte, zogen immer wieder Szenen mit meinem Vater an mir vorüber. Es war furchtbar. Ich kam nicht dagegen an. Ich fing an zu weinen, verkrampfte mich, blockte ab. Mir kam es so vor, als beugte sich mein Vater über mich, um mir noch einmal das alles anzutun. Wie ich ihn dafür haßte! Er drängte sich zwischen Ludovic und mich. Er hinderte mich weiterhin daran, mein eigenes Leben zu leben, meine Jugend zu genießen. Ihm hatte ich es zu verdanken, daß ich nicht glücklich, nicht unbekümmert sein konnte. Ludovic und ich waren nie wirklich allein. Mein Vater war immer dabei. Ich fragte mich, ob das mein Leben lang so sein würde, selbst wenn ich zwanzig oder dreißig wäre. Würde ich jemals erleben dürfen, was es heißt, zu lieben und geliebt zu werden? Oder würde es mir für immer versagt bleiben, dieses wunderbare Gefühl, von dem jeder träumt, kennenzulernen? Der Gedanke trieb mir Tränen der Wut in die Augen.

Werde ich eines Tages eine normale Frau sein können, die nicht ihren Vater vor sich sieht, wenn sie mit einem Mann schläft? Diese Frage stellte ich mir immer wieder. Mich beschäftigte nichts anderes mehr. Deshalb behandelte ich die Jungs oft so gemein. Deshalb machte ich so viele Dummheiten. Andere Leute interessierten mich nicht mehr. Ich war frech, vorlaut, provozierend, nicht nur meinen Freunden gegenüber, sondern auch in der Schule und zu Hause. Meine Mutter verzweifelte fast, sie wurde nicht mehr fertig mit mir.

Das war eine harte Zeit für sie: Probleme mit den Kindern, Geldsorgen, Arbeitslosigkeit, der Besuch von Kursen für die Wiedereingliederung ins Berufsleben ... Das alles zehrte an ihren Kräften. Aber obwohl sie total überfordert war, griff sie zum Glück nicht wieder zu Tabletten. Sie verstand meine Probleme, wußte aber nicht, wie sie mir helfen sollte. In der Hoffnung, mir das Leben und das Vergessen zu erleichtern, ließ sie mir alles, wirklich alles durchgehen. Ich war ja erst dreizehn, aber ich durfte abends bis zehn Uhr weg, auch wenn ich am anderen Morgen zur Schule mußte. Zu Hause hieß ich bald nur noch »Durchzug«. Ich kam aus der Schule, warf meine Mappe hin und verschwand wieder. Meine Clique wartete ... Ich war kaum noch daheim anzutreffen. Ich wollte Spaß haben, was unternehmen, ich hatte ein irres Nachholbedürfnis. Mein Vater hatte mir ja alles verboten: Ich durfte nicht ausgehen, mich nicht amüsieren, nicht bei einer Freundin übernachten, keine Jungs küssen. Er war auf alles und jeden eifersüchtig. Ich hatte kein Recht auf ein eigenes Leben gehabt. Ich war nicht respektiert, nicht ernst genommen worden. Und jetzt war mir eben alles wichtiger als die Familie. Ich wollte endlich etwas erleben. Und weil meine Mutter nicht wußte, wie ich in meiner rebellischen Phase auf Vorhaltungen reagieren würde, griff sie nicht ein. Wenn wir nicht völlig uns selbst überlassen gewesen wären, wenn der Richter oder eine Sozialhelferin gelegentlich bei uns vorbeigeschaut hätte, um nach dem Rechten zu sehen, hätten wir uns wahrscheinlich anders verhalten. Aber es interessierte niemanden, ob und wie wir mit allem fertig wurden.

Für die Schule tat ich gar nichts mehr. Entweder ich arbeitete nicht mit im Unterricht, oder ich schwänzte. Ich hatte absolut keinen Bock mehr auf Schule. Die Zeiten, in denen ich die brave Nelly gewesen war, die gute Schülerin, die den anderen als Vorbild hingestellt wurde, waren vorbei. Um ein Haar wäre ich in einer Lehrwerkstätte für Arbeiter gelandet: zwei Wochen Schule, zwei Wochen Fabrik. Ich sträubte mich dagegen. Zum Glück war Mama auf meiner Seite und setzte sich für mich ein. Sie ging zum Direktor und erklärte ihm die Situation. Er zeigte sich verständnisvoll, er kannte ja meine Geschichte und wußte von meinen Schwierigkeiten. Er schlug vor, mich im Jean-Giono-Gymnasium in Orange anzumelden. Er war unheimlich nett zu mir, und am Schluß erklärte er sich damit einverstanden, daß ich die Quinta zum drittenmal wiederholte!

Ich besuchte den Unterricht. Aber nicht etwa, um mitzuarbeiten und zu lernen, sondern um den Clown zu spielen. Was die Lehrer erzählten, interessierte mich nicht. Ich glaubte nicht mehr an den ganzen Quatsch. Ich verweigerte mich total. Dabei war ich einmal so gern zur Schule gegangen. Jetzt hatte ich nur noch einen Wunsch: mir eine Arbeit suchen – mit dreizehn! –, Geld verdienen und unabhängig sein. Ich hatte so oft gehört, ich sei schon eine richtige kleine Frau, daß ich es zu guter Letzt selbst glaubte. Arbeiten gehen? Ausgeschlossen, sagte meine Mutter, das käme gar nicht in Frage, das Gesetz verbiete es, ich sei noch viel zu jung. Sie redete gegen eine Wand. Die Schule, die ich früher mit Leichtigkeit geschafft hatte, war für mich erledigt. Ich wollte nichts mehr davon wissen.

Zu der Zeit versuchte ich mit aller Kraft zu vergessen, was mein Vater mir angetan hatte. Manchmal mußte ich aber doch wieder daran denken, wenn ich zum Beispiel niedergeschlagen war oder, was sehr weh tat, sah, daß meine Mutter erneut zu Tabletten griff. Die Erinnerungen kamen auch hoch, sooft ich meinen Bruder anschaute. Er war zart und schmächtig, ein verschüchterter kleiner Junge. Einmal fand ich ihn nach der Schule weinend hinter einem Auto kauernd. Wie ein verängstigtes Tier hockte er da ... Er riß aus, sobald ein Problem auftauchte, gleichgültig, ob in der Schule oder zu Hause. Einmal radelte er ganz allein zurück zu unserem alten Haus. Es ist ein ganz schönes Stück bis dorthin, aber er schaffte es.

Auch er hatte Probleme in der Schule. Es lief einfach nicht mehr. Dreimal wechselte er das Gymnasium. Dadurch, daß wir beide die gleichen Schwierigkeiten hatten, kamen wir uns näher. Wir konnten endlich miteinander reden. Er vertraute mir an, wie sehr er unter Papas Gemeinheiten gelitten hatte. »Warum hat er immer nur dich mitgenommen und uns nie? Warum hat er Sandy und mich nicht gern gehabt? Warum hat er mich so verächtlich behandelt? ›Schwächling‹, ›Angsthase‹ hat er immer zu mir gesagt ...«

Ich wußte nicht, was ich darauf antworten sollte. Laury fragte mich auch, was denn nun wirklich passiert sei zwischen Papa und mir. Aber wie sollte ich ihm erklären, was das war: ein Inzest? Ich wußte auch darauf keine Antwort. Stumm zuckte ich mit den Schultern. Daraufhin sprach er über seine Angst und warum er oft am ganzen Körper zitterte und sich so elend fühlte.

»Papa konnte Sandy und mich nicht leiden, er hat nur dich

lieb gehabt. Zum Glück hatten wir Mama. Aber seit Papa nicht mehr bei uns ist, kümmert sich Mama nur noch um dich. Für uns hat sie praktisch gar keine Zeit mehr. Manchmal glaube ich, wir zählen gar nicht mehr für sie.«

Als ich das hörte, mußte ich weinen. Ich nahm meinen Bruder in die Arme, drückte ihn fest an mich, gab ihm einen Kuß und sagte: »Ich will euch Mama nicht wegnehmen. Sie ist unsere Mutter, eure ebensogut wie meine. Und jetzt, wo Papa nicht mehr da ist, müssen wir sie uns eben teilen. Einverstanden?«

Ich war dreizehn, mein Bruder ein Jahr jünger. Aber ich redete mit ihm wie mit einem kleinen Kind. Ein Lächeln ging über sein Gesicht. »Einverstanden«, meinte er. »Wir teilen uns Mama.«

An dem Tag wurde mir klar, daß wir alle – meine Mutter, meine Geschwister und ich – im gleichen Boot saßen. Wir hatten alle Angst und wußten nicht mehr weiter. Nur äußerte sich diese Ratlosigkeit bei jedem von uns anders. Und ich hatte geglaubt, ich sei das einzige Opfer, die einzige, die unter den Verhältnissen zu leiden hätte! Ich hatte nur an mich gedacht. In Wirklichkeit waren wir alle kaputt, am Ende. Und jeder mußte zusehen, wie er damit fertig wurde.

Auch Sandy, meine Schwester, zeigte Verhaltensstörungen. In der Schule kam sie nicht mehr mit. Sie mußte zum Logopäden, weil sie die Buchstaben nicht mehr auseinanderhalten konnte, sie verwechselte alles. Das war ganz plötzlich gekommen, von einem Tag zum andern. Während ich durch die ganze Geschichte reifer, härter geworden war, so als wäre ich schlagartig gealtert, trat bei Sandy genau das Gegenteil ein: Sie entwickelte sich zurück und verlernte alles. Sie war noch empfindsamer als früher. Sie wurde sehr scheu und begegnete jedem Erwachsenen mit Mißtrauen. Sogar meiner

Mutter gegenüber verhielt sie sich ablehnend. Diese innere Abwehr hat sie bis heute nicht aufgegeben. Es ist sehr schwer, Zugang zu ihr zu finden. Sie hat das alles noch nicht verarbeitet und daher auch noch keinen Schlußstrich darunter ziehen können.

Ich glaube, insgeheim gab sie mir die Schuld daran, daß alles so gekommen war. Jedesmal, wenn ich versuchte, mit ihr über unseren Vater zu reden, lief sie weinend aus dem Zimmer. Sie nahm es mir wahrscheinlich übel, daß ich meinen Vater »verraten« hatte und sie ihn dadurch verlor. Obwohl er sich nie groß um sie gekümmert hatte, muß der Verlust schrecklich für sie gewesen sein. Wir haben bis heute nicht darüber gesprochen. Es ist noch zu früh.

Ein Jahr lang war ich ständig auf Achse, tobte mich aus, führte mich wie eine Wahnsinnige auf. Dann hatte ich meinen Vater weitgehend aus meinem Kopf verdrängt.

Papa wohnte ganz in der Nähe, im nur wenige Kilometer entfernten Nachbarort bei Großmutter Mireille. Im gleichen Ort, in dem Laury zur Schule ging (Mama hatte ihn nicht aus der gewohnten Umgebung reißen wollen), ich Gymnastikunterricht hatte (den ich nicht aufgeben wollte, weil es mir soviel Spaß machte), Freunde von mir wohnten, wir einkauften und früher Bekannte gehabt hatten. Trotz allem, was passiert war, wollten wir die alten Gewohnheiten nicht aufgeben. Das Dorf war auch unser Dorf, unsere Heimat. Dort spielte sich unser Leben ab.

Anfangs hatte ich dauernd an meinen Vater gedacht, wenn ich dorthin fuhr. Das war jetzt nicht mehr der Fall. Unbewußt glaubte ich daher, ich wäre endlich darüber weg. Fast hätte ich mir gesagt: Siehst du, Nelly, irgendwann erholt man sich sogar von so einem Schlag. Denkste! Es sollte sich etwas ereignen, das mir endgültig meine Illusionen raubte. Heute weiß ich: Wer Opfer eines Inzests wurde, erholt sich nie mehr davon.

Diese schreckliche Geschichte, die alles wieder aufwühlte trug sich ein gutes Jahr nach der Sache damals zu. Sandy stand daheim am Fenster und schaute auf die Straße hinaus. Es war ruhig in der Wohnung. Mama war einkaufen gegangen. Laury und ich saßen vor dem Fernseher. Plötzlich schrie meine Schwester ganz aufgeregt: »Nelly! Nelly! Da ist Papa! Da ist Papa!«

Zu Tode erschrocken, fuhr ich hoch. »Was soll das heißen? Wo ist Papa?«

»Da! Da draußen! Sieh doch nur!« Ich eile ans Fenster und sehe den Renault 5 von Oma Mireille draußen stehen, mit dem mein Vater immer herumgefahren ist. Papa!

Mit einem Schlag kam alles wieder hoch. Ich sah sein Gesicht vor mir. Die Szene in meinem Zimmer damals, beim ersten Mal, lief wie ein Film vor mir ab: wie er mich aufs Bett drückte, mich auszog, sich auf mich legte … Es tat so weh, daß ich am liebsten laut geschrien hätte … Die ohnmächtige Wut, die Scham … Das Blut zwischen meinen Beinen … Meine Flucht ins Bad, wo ich mich gründlich gewaschen hatte …

»Papa ist da!« Sandys Schrei, der Anblick des Renault 5 draußen auf der Straße, das hatte genügt, um die Vergangenheit wachzurufen. Ich zitterte am ganzen Körper, solche Angst hatte ich. Sandy schrie in einem fort, und mein Bruder heulte. Die Bilder verschwammen ineinander: mein Vater, die Vergewaltigung, Sandy, Laury … Ich sah all das, was ich seit über einem Jahr zu vergessen versuchte, wieder vor mir. Es war, als mißbrauchte er mich noch immer, als hätte es nie aufgehört. Ich fürchtete, er würde jeden Augenblick die Treppe heraufkommen, um mich abermals zu vergewaltigen, um mich zurückzuholen: »Los, pack deine Sachen. Wir hauen ab. Wir gehen ins Ausland und heiraten. Wir sind doch ein Liebespaar, so wie Romeo und Julia ... Eine ausweglose Liebe verbindet uns.« Papa mit seinen krankhaften Ideen. Meinetwegen war er gekommen. Und ich stand da, vor Angst wie gelähmt, und stammelte: »Ich komme, Papa. Ich bin doch dein kleines Mädchen. Ich muß dir gehorchen. Aber laß Sandy in Ruhe, Papa ... Du darfst nicht rumbrüllen und uns nicht schlagen ...« Diese Szene spielte sich in dem Augenblick in meinem Kopf ab.

Meine Mutter hatte die Jagdgewehre meines Vaters behalten und in einem Wandschrank vor uns versteckt. Ich hatte das Versteck schon längst entdeckt. Ich hörte Laury rufen: »Papa kommt!« Ohne mir dessen bewußt zu sein, ging ich zum Schrank und nahm ein Gewehr heraus. »Papa kommt!« Die Worte klangen in meinen Ohren. Ich hatte das Gewehr noch nie angefaßt, seit Mama es im Schrank versteckt hatte. Aber in diesem Moment handelte ich, ohne nachzudenken. Mechanisch öffnete ich die Schranktür, tastete nach der Waffe, nahm sie heraus. »Papa kommt!« Ich war wie von Sinnen, wie in Trance. Dieser Mistkerl! Wagte es hierherzukommen, wo ich gerade drüber weg war, gerade angefangen hatte so zu tun, als sei nichts gewesen. »Papa kommt!« Wir führten uns wie die Verrückten auf, alle drei: Sandy kreischte wie am Spieß, Laury wälzte sich am Boden, und ich hielt das Gewehr umklammert. Panik. Blanker Haß. Ich hatte geglaubt, das alles läge hinter mir, sei längst begraben und vergessen. Statt dessen lauerte es dicht unter der Oberfläche, frisch wie eh und je.

Der Schuß ging von ganz alleine los. Ein ohrenbetäubendes Krachen. Mein Bruder erstarrte. Meine Schwester auch.

Und ich stand da wie versteinert und konnte es nicht fassen. Eine panische Angst packte mich. Hatte ich Laury getötet? Oder Sandy? Oder mich selbst verletzt? Aber ich spürte keinen Schmerz. Ganz vorsichtig bewegte ich den Kopf, betrachtete meinen Bruder, meine Schwester, schaute dann an mir selbst hinunter. Nichts. Keiner von uns war verletzt, so wie man es bei den Schießereien im Film immer sieht. Ich konnte weder eine Schußwunde noch Blut an einem von uns entdecken. Wir waren nicht tot. Ich fiel auf die Knie.

»Es ist nichts passiert. Es ist nichts passiert!« Ich zitterte wie Espenlaub. Im Fußboden war ein großes Loch. Was würde Mama wohl dazu sagen? Ich stellte das Gewehr an seinen Platz zurück, wie ein kleines Mädchen, das etwas angestellt hat und es vertuschen will. Wir warteten. Im Treppenhaus war alles still. Papa klopfte nicht an unsere Tür. Keiner von uns sagte etwas. Wir schauten uns an. Uns dröhnten die Ohren vom Krachen des Schusses. Nach einer Weile stand ich auf und ging ans Fenster. Der Renault parkte noch immer auf der Straße unten. Ich betrachtete ihn genauer. Jetzt erst sah ich, daß es gar nicht Omas Auto war … Renault 5 fahren schließlich viele herum.

Da begriff ich, daß wir alle den Verstand verloren hatten, daß wir komplett verrückt waren. Seit einem Jahr machten wir uns etwas vor, spielten Theater, weil wir keine andere Wahl gehabt hatten. Irgendwie mußte das Leben ja weitergehen … Dabei war das dunkle Kapitel längst nicht abgeschlossen, wie wir uns eingeredet hatten. Wir hatten alles mit äußerster Willensanstrengung verdrängt. Aber eine Kleinigkeit genügte, es von neuem aufbrechen zu lassen. Die Angst war nach wie vor da. Angst, er könnte zurückkommen und alles würde von vorn beginnen.

Es war ein Fehler gewesen, hierzubleiben, das war mir

jetzt klar. Wir hatten unsere Kräfte überschätzt. Aber wohin hätten wir gehen sollen, ohne Geld, ohne Arbeit, ohne Beziehungen, ohne einen Menschen, der uns weitergeholfen hätte? Wohin hätten wir fliehen können? Manchmal läßt das Leben einem eben keine Wahl, sondern stellt einen schlicht vor vollendete Tatsachen.

Als Mama nach Hause kam, fand sie uns in Tränen aufgelöst vor. Seit meiner Entlassung aus dem Heim hatte ich noch nie solche Todesangst ausgestanden. Diese Angst, mein Vater könnte kommen und mich holen, würde ich nie mehr loswerden, das wußte ich jetzt. Der Gedanke quälte mich Tag und Nacht. Ich fand keine Ruhe mehr. Ich wollte sterben, ich hatte alles so satt. Es wird sich nie etwas ändern, dachte ich, und so kann ich nicht weiterleben. Da habe ich zum zweitenmal Tabletten geschluckt.

Unser Umzug vor einem Jahr war wir in großer Eile vor sich gegangen. Mama hatte Hals über Kopf die Koffer gepackt. In einem entdeckte ich Medikamente. Mama hatte nicht mehr daran gedacht und sie deshalb auch nicht weggeräumt. Der Koffer lag unter dem Bett. Ich zog ihn hervor, klappte den Deckel auf, nahm wahllos eine ganze Handvoll Tabletten heraus und schluckte sie alle auf einmal. Aber im Gegensatz zu meinem ersten Selbstmordversuch fing ich an zu weinen, kaum daß ich sie hinuntergeschluckt hatte. Ich weiß auch nicht, warum. Ich blickte mich um und dachte: Dort oben gibt es keine Mama, keinen Laury, keine Sandy.

Damals im Heim hatte ich wirklich sterben wollen. Aber jetzt ... Jetzt war ich nicht mehr allein, denn wir hatten es trotz allem geschafft, wieder eine richtige kleine Familie zu werden. Eine Familie, die zusammenhielt. Wir hatten uns, und das war doch schon sehr viel. Diese Gedanken gingen mir durch den Kopf. Und da begann ich zu würgen, ich wollte sie nicht mehr in mir drin haben, diese Tabletten. Das hat mir das Leben gerettet …

Als ich auf der Kinderstation des Krankenhauses in Avignon aufwachte, saß meine Mutter an meinem Bett. Diesmal gab sie mir eine Ohrfeige. Sie hatte schreckliche Angst um mich ausgestanden. Ich war schon halb im Koma gewesen. Ich versprach ihr hoch und heilig, so etwas nie wieder zu tun. Sich mit dreizehn umbringen zu wollen, war ja wirklich idiotisch. Außerdem war mir nach den Magenspülungen endgültig die Lust dazu vergangen. Mama glaubte mir. Die Ärzte zeigten sich skeptischer. Sie wollten mich zur weiteren Behandlung in eine Spezialklinik einweisen. Ich würde zuviel an den Tod denken, ich sei selbstmordgefährdet, meinten sie. Das sei bei Opfern sexuellen Mißbrauchs oft der Fall. Ich weigerte mich, dorthin zu gehen. Das erinnerte mich zu stark an das Heim.

Meiner Mutter und mir wurde klar, daß wir endgültig einen Schlußstrich ziehen und den Tatsachen ins Auge sehen mußten. Wenn wir es diesmal nicht packten, würden wir die ganze Familie mit in den Abgrund reißen. Diese Familie, die sich doch gerade erst gefunden hatte. Wieder einmal ruhte die Verantwortung auf mir. Ich beschloß, stark zu sein, zu kämpfen, schon den anderen zuliebe. Ich wollte leben. Ich mußte leben. Für uns alle. Und Mama versprach ihrerseits, in Zukunft die Finger von Schlaftabletten zu lassen.

Wenn man so ganz auf sich allein gestellt ist und niemanden hat, der einem mit Rat und Tat zur Seite steht, kann alles mögliche passieren. Man ist leicht zu beeinflussen und geneigt, alles zu glauben, was einem erzählt wird.

Uns Kindern zuliebe hielt meine Mutter den Kontakt zu unseren Großeltern aufrecht. Jedesmal, wenn Mama sie besuchte, übte meine Großmutter Druck auf sie aus. Mireille folgte ihrem Herzen, hatte aber keine Ahnung von Psychologie. Sie behauptete, Sandy und Laury bräuchten ihren Vater. Egal, was passiert sei, er bliebe nun einmal der Vater. Und der, fügte sie hinzu, habe auch ein Recht darauf, seine Kinder zu sehen.

Zu guter Letzt erklärte sich Mama damit einverstanden, daß Laury und Sandy ihren Vater an den Wochenenden bei Großmutter besuchten. So wie nach einer Scheidung. Rechtlich stand dem nichts im Wege. Meine Geschwister waren allerdings nicht sonderlich begeistert von dieser Regelung. Vor allem Sandy hatte Angst, was verständlich war.

Im Dorf meines Vaters begannen einige, sich das Maul über uns zu zerreißen. Die ganze Sache kam ihnen höchst merkwürdig vor. Mein Vater war, nachdem er nur vier Tage im Gefängnis gewesen war, noch immer auf freiem Fuß, und er durfte seine Kinder sehen. Er spazierte täglich durchs Dorf oder kehrte in der Kneipe ein. Er machte einen sympathischen Eindruck. So schlimm konnte das, was er mit mir gemacht hatte, nun wirklich nicht gewesen sein. Und außerdem war er ständig mit irgendwelchen Kumpels zusammen, denen er erzählen konnte, was ihm in den Kram paßte.

Eines Tages kam meiner Tante folgendes zu Ohren: »Das wäre doch alles nicht passiert, wenn die Mutter nicht so eine elende Schlampe wäre! Und dabei ist er so ein anständiger Kerl. Man sieht ihm an, wie er unter der ganzen Sache leidet. Und die Kleine, die Nelly, das ist doch ein ausgekochtes Luder …«

So fing es an. Mit solchen gemeinen Unterstellungen. Meine Mutter und ich schwiegen dazu. Wir ließen die Leute reden. Getratscht wird immer. Und wir wollten nichts als vergessen. Aber dann verstärkten sich die Gerüchte. Einige meiner Klassenkameraden hatten im Dorf meines Vaters von der Geschichte Wind bekommen. Bis dahin hatte niemand in meiner Klasse etwas von meiner Vergangenheit gewußt. Jetzt fingen sie natürlich an, mich auszufragen. Zum Schluß gestand ich ihnen, daß das wahr war, was sie gehört hatten: daß ich von meinem Vater vergewaltigt worden war.

Danach wurde die Sache immer mehr aufgebauscht. »Da ist bloß die Kleine schuld dran«, hieß es im Dorf. »Die hat ihren Vater doch angemacht!« Sicher, ich mit meinen zwölf Jahren hatte meinen Vater verführt! Da ich mich sowieso schon ein bißchen schuldig fühlte, gab mir das den Rest. Ich war völlig durcheinander. Was hätte ich denn tun sollen? fragte ich mich immer wieder.

Meine Großmutter stellte sich auf die Seite ihres Sohnes. »Dein Vater kann nichts dafür, weißt du«, verteidigte sie ihn. »Bei ihm hat es irgendwie ausgesetzt. Aber du, du hättest doch den Mund aufmachen können! Warum hast du denn nie etwas gesagt? Vielleicht warst du ja damit einverstanden? ...« Das tat unbeschreiblich weh. Wie konnte meine eigene Großmutter so etwas denken? Wie konnte überhaupt jemand so etwas denken? Dieser Klatsch machte mich ganz krank. In gewisser Weise war das schlimmer als der Mißbrauch selbst, weil man mir die Schuld dafür gab. Und das war mehr, als ich verkraften konnte.

Niemand hörte mir zu, niemand glaubte mir. Ich war ja nur ein kleines Mädchen. Da habe ich meinen Vater wirklich gehaßt. Nicht genug damit, daß er mich vergewaltigt hatte, gab er mir jetzt auch noch die Schuld daran. Er stellte sich als Opfer seiner Tochter dar, dieser kleinen Schlampe.

Es war eine verkehrte Welt. Und es ging noch weiter. Das Gerede der Leute verstummte nicht, im Gegenteil, es wurde immer schlimmer. Dann hatte es sich meine Großmutter in den Kopf gesetzt, ein Treffen zwischen meinem Vater und mir zu arrangieren. Um der Familie die Schande zu ersparen, vor Gericht erscheinen und aussagen zu müssen, wollte sie die Angelegenheit auf diese Weise aus der Welt schaffen. Sie war der Ansicht, eine Begegnung mit meinem Vater sei vielleicht auch für mich ganz hilfreich. Er sei immerhin mein Vater, sagte sie, und – er brauche mich! Das war vollkommen verrückt, absolut lächerlich, aber nicht für meine Großmutter. Sie fand das normal. Und ich tat, was sie von mir verlangte. Sie war ziemlich autoritär, auch meiner Mutter gegenüber. Sie hatte schon immer einen starken Einfluß auf die Familie gehabt. Und ich mochte sie trotz allem gern. Ich wollte sie nicht verärgern. Schließlich, so sagte ich mir, will sie ja nur unser Bestes.

Ich hatte meinen Vater das letzte Mal auf dem Polizeirevier gesehen, als wir uns im Flur begegnet waren und unsere Blicke sich getroffen hatten. Das war über ein Jahr her. Zu meinem Schutz war ihm per Gerichtsbeschluß verboten worden, Kontakt zu mir aufzunehmen. Trotzdem wollte er mich jetzt sehen. Vielleicht, um sich zu entschuldigen, mir zu sagen, das alles sei nicht meine Schuld? Ich hoffte auf diese Geste seinerseits, und zwar vor Zeugen, damit ich rehabilitiert wäre. Nur aus diesem Grund ging ich hin. Und weil ich ihm ins Gesicht sagen wollte: »Papa, du mußt etwas tun, damit das Gerede aufhört! Die Leute sagen, ich hätte dich verführt, sie geben mir die Schuld an allem. Das darfst du nicht zulassen. Du bist doch verantwortlich dafür, daß alles so gekommen ist. Also steh jetzt auch dazu!« Das wollte ich ihm sagen, in der Hoffnung, ihn dazu zu bewegen, die Verantwortung für sein Tun zu übernehmen. Ich Einfaltspinsel!

Als ich vor ihm stand, brachte ich kein Wort heraus. Genau

wie früher. Das Treffen, das bei meiner Großmutter stattfand, war eine einzige Katastrophe. Ich hatte wieder einmal meine Kräfte überschätzt. Es hatte sich nichts geändert: Er war der Erwachsene, ich das Kind. Die Wunde war noch zu frisch. Ich traute mich nicht einmal, ihm in die Augen zu sehen. Ich kam mir so klein und unbedeutend, so entsetzlich dumm vor. Ich schämte mich. Ich fühlte mich schmutzig. Ich spürte wieder diesen Klumpen in meinem Bauch. Ich stand da wie gelähmt und stumm wie ein Fisch.

Mein Vater sagte: »Ich wollte das alles nicht, ich wollte dir nie weh tun, weißt du.« Das war seine ganze Entschuldigung. Er bat mich nicht um Verzeihung, sagte nicht, daß es ihm leid tue. Er fragte nicht, wie es mir ging. Er unternahm keinen Versuch, sein Verhalten zu erklären. Er wollte nur wissen: »Liebt deine Mutter mich noch? Wird sie zu mir zurückkommen? Ich habe sie nämlich sehr lieb, mußt du wissen.«

Ich antwortete nicht. Ich verstand überhaupt nichts mehr. Ich sprach ihn nicht auf das Gerede der Leute an, ich schrie ihm nicht ins Gesicht, was ich von ihm dachte ... Ich hatte nur Angst. Was er über meine Mutter sagte, daß er sie noch immer liebe und so, das war mir völlig schnuppe. Das war sein Problem. Ich war nur gekommen, um ihn aufzufordern, nicht länger solchen Blödsinn über mich zu verbreiten und den Leuten lieber zu sagen: »Nelly ist keine kleine Schlampe.« Deshalb war ich gekommen und weil ich meinen Großeltern, die ich beide gern hatte, einen Gefallen tun wollte.

Ich wäre besser zu Hause geblieben. Das hätte mir die Enttäuschung und den Schmerz erspart. Selbst meine Großeltern kamen mir verändert vor. Als ob sie mich nicht mehr lieb hätten. Ich bemerkte ihre vorwurfsvollen Blicke. Sie nahmen mir die ganze Sache sehr übel. Zutiefst erschüttert fuhren Mama und ich wieder heim.

Mein Vater befand sich zu jener Zeit in ärztlicher Behandlung. Er nahm Tabletten ein. Er wirkte irgendwie kindlich, hilflos, so als wäre er nicht ganz zurechnungsfähig. Ich traf mich noch zweimal mit ihm, und er machte jedesmal diesen Eindruck auf mich. Warum ich mich zu diesen Treffen bereit erklärte? Vielleicht, weil ich Mitleid mit ihm hatte. Oder weil ich immer noch auf ein Wunder hoffte, darauf, daß er seine Schuld endlich öffentlich zugeben würde.

Heute glaube ich nicht mehr an Wunder. Bei jeder dieser drei Begegnungen blieb ich stumm. Ich konnte ihm weder in die Augen sehen noch ihm ins Gesicht sagen, daß er mein Leben kaputtgemacht hatte. Es gelang mir nicht, meine Hemmungen zu überwinden. Nach den drei Versuchen hatte ich die Nase voll. Es nützte ja doch nichts. Es kam nichts dabei heraus, außer daß es mir weh tat. Mein Vater war sichtlich niedergeschlagen, als ich ihm schließlich sagte: »Ich will dich nie mehr wiedersehen.«

Meine Geschwister setzten ihre Besuche bei den Großeltern fort. Rechtlich gesehen, war nichts dagegen einzuwenden, daß sie ihren Vater regelmäßig trafen. Und da meine Großeltern stets dabei waren, war Mama beruhigt. Am Sonntagabend holte sie Laury und Sandy wieder ab.

Einmal bin ich mitgefahren, weil ich nicht allein zu Hause bleiben wollte. Aber ich stieg nicht aus, sondern wartete unten im Auto. Da kam mein Vater heraus. Ich verriegelte sämtliche Türen. Er wolle mir nur einen Kuß geben, rief er durch die Scheibe. Ich weigerte mich. Ich rutschte vom Sitz, verkroch mich im Fußraum und schrie: »Geh weg! Laß mich in Ruhe! Ich will dich nicht mehr sehen!«

Er ging nicht. Ich kauerte heulend und kreischend am Boden, während mein Vater am Türgriff rüttelte. Meine Mutter trat dazwischen und forderte Papa auf, mich in Ruhe zu lassen. Aber dann mischte sich Großmutter ein. »Er ist ihr Vater, er hat ein Recht, ihr einen Kuß zu geben, wenn er will.« »Meinst du nicht, daß er schon genug Unheil angerichtet hat?« erwiderte Mama.

Das Ganze drohte zu einem handfesten Krach auf offener Straße auszuarten. Bestimmt reckten die Nachbarn ringsum schon neugierig die Hälse. Zum Schluß blieb mir nichts anderes übrig, als die Autotür zu öffnen. Mein Vater gab mir einen Kuß. Ich hätte platzen können vor Wut, ich weinte in einem fort. Warum meinen die Erwachsenen immer, sie müßten alles kitten, was zerbrochen ist? Selbst wenn alles in Trümmern liegt, selbst wenn das kleine Mädchen vom eigenen Vater vergewaltigt wurde? Das war mir einfach unbegreiflich.

Auch Mama war mit ihrer Geduld am Ende. In höchster Erregung schob sie uns drei ins Auto und schlug die Tür zu. »Du wirst deine Kinder nie wiedersehen!« Sie stieg ein, und wir fuhren nach Hause.

Ich hatte Mama versprochen, keinen Selbstmordversuch mehr zu unternehmen. Aber an jenem Abend brach ich mein Versprechen. Ich riß eine Seite aus einem Schulheft und schrieb ein paar Abschiedsworte: »Es tut mir sehr leid, Mama, und Du sollst wissen, daß es nicht Deine Schuld ist. Ich habe es nur meinetwegen getan. Weil ich dieses Leben, in dem andauernd neue Probleme auftauchen, nicht mehr ertragen kann. Sag Laury und Sandy, ich habe sie sehr lieb. Sie werden mir fehlen. Ich möchte, daß mein Leichnam verbrannt und die Asche ins Meer gestreut wird.« Ich unterschrieb mit »Eure Euch liebende Nelly«. Ich faltete das Blatt zusammen, schob es in einen Umschlag und schrieb darauf: »Für Mama«.

Es war ganz still, draußen auf der Straße ebenso wie drinnen im Haus. Ich legte den Umschlag auf mein Nachttischchen. Dann schluckte ich Schlaftabletten. Mama hatte vor einiger Zeit wieder damit angefangen, Tabletten zu nehmen, weil sie einfach nicht mehr konnte. Ich hatte heimlich welche auf die Seite geschafft, für den Notfall sozusagen. Ich legte mich ins Bett. Es war ein Uhr früh. In ein paar Stunden, wenn die anderen aufwachten, würde ich schon weit weg und endlich erlöst sein …

Aber aus irgendeinem Grund wachte meine Mutter in der Nacht auf. Ein mütterlicher Instinkt vielleicht? Jedenfalls stand sie auf und sah, daß in meinem Zimmer noch Licht brannte. Verwundert öffnete sie die Tür, und da fiel ihr Blick auf den Umschlag auf meinem Nachttisch. Hätte sie ihn nicht entdeckt, hätte sie geglaubt, ich schliefe tief und fest. So aber las sie »Für Mama« und wußte sofort Bescheid. Sie weckte das ganze Haus auf und brachte mich auf dem schnellsten Weg ins Krankenhaus. Der dritte Fehlschlag in Folge. Es hatte ganz den Anschein, als sollte ich noch nicht sterben dürfen.

Meine – unsere – einzige Rettung bestand darin, alle Brücken hinter uns abzubrechen, nicht nur die Bindungen zu meinem Vater zu lösen, sondern auch die zu meinen Großeltern, wenngleich sie keine Schuld traf. Aber wieder einmal fehlte uns jemand, der uns hätte beraten können.

Als meine Mutter zum Beispiel die Scheidung beantragte, wurde ihr ein Armenanwalt gestellt, weil sie ja über kein eigenes Einkommen verfügte. Der Anwalt war eine Frau, und unser Fall interessierte sie nicht die Bohne. Sie wies meine Mutter weder darauf hin, daß sie wegen des Inzests Strafanzeige gegen meinen Vater erstatten mußte, noch riet sie ihr dazu, als Nebenklägerin aufzutreten. Mama hatte gedacht, das sei alles automatisch in die Wege geleitet worden, weil mein Vater doch von der Polizei abgeholt worden war und vier Tage im Gefängnis verbracht hatte. Irrtum: Sie mußte Anzeige erstatten, sonst geschah überhaupt nichts. Das ist lachhaft, aber es ist so. So was kommt in Frankreich tagtäglich vor. Und einfache Leute wie wir verstehen nun mal nichts von Rechtssprechung.

Mama fragte mich, ob ich wolle, daß mein Vater sich vor Gericht verantworten müsse. »Nein«, antwortete ich spontan. Ich fühlte mich meinen Geschwistern gegenüber sowieso schon schuldig: Meinetwegen hatten sie keinen Papa mehr. Ich wollte nicht auch noch dafür verantwortlich sein, daß mein Vater ins Gefängnis kam. Eine solche Entscheidung zu treffen ist schwer, viel zu schwer für ein kleines Mädchen.

Wenn ich meinen Vater vor Gericht bringe und er wird verurteilt, dann bin ich diejenige, die ihn ins Gefängnis schickt, sagte ich mir. Nicht der Richter, nicht die Gesellschaft bringt ihn dorthin, sondern ich. Ich ganz allein. Und da man es bisher nicht für nötig gehalten hatte, ihn einzusperren, sah ich keinen Grund, weshalb ausgerechnet ich ihn jetzt hinter Gitter bringen sollte.

Die Rechtsanwältin meiner Mutter verabschiedete sich schon bald. Daraufhin bekamen wir eine andere zugewiesen. Das war 1991. Und diesmal hatten wir Glück. Odile Ducret ist eine beeindruckende Frau. Sie hörte Mama zu, ging auf sie ein und interessierte sich wirklich für unseren Fall. Sie erklärte meiner Mutter genau, wie wir vorgehen mußten. Auch mit mir unterhielt sie sich ausführlich. Ich müßte mir einen eigenen Anwalt nehmen, sagte sie. So schreibe es das Gesetz vor.

Daraufhin wurde mir Marc Geiger als Anwalt zugewiesen Meine Mutter sah es mit Sorge. »Ein Mann? Ich weiß nicht, ob das das richtige ist. Kann ein Mann sich in Nelly einfühlen? Wird er den richtigen Draht zu ihr finden?«

Dann erhielt Mama eine Vorladung von der Untersuchungsrichterin. Sie empfing meine Mutter recht frostig. Mama wunderte sich über diese Kühle. »Warum haben Sie nicht sofort Anzeige gegen Ihren Mann erstattet?« wurde sie in schroffem Ton gefragt. »Weil ich nicht wußte, daß das erforderlich ist.« »War es nicht vielmehr so, daß Sie Bescheid wußten und die Handlungsweise Ihres Mannes duldeten?« Da begriff meine Mutter: Sie wurde der Mitwisserschaft verdächtigt. Denn es kommt gelegentlich vor, daß eine Frau es stillschweigend hinnimmt, wenn sich ihr Mann an ihrem Kind vergeht.

Für Mama war diese Unterstellung ein Schlag ins Gesicht. Mit Tränen in den Augen schilderte sie der Untersuchungsrichterin unsere Situation: »Nelly wollte nicht, daß ihr Vater ins Gefängnis kommt. Sie fühlt sich ohnehin schon für alles verantwortlich, sie gibt sich die Schuld an unserer Trennung, an der Zerrüttung unserer Familie, am Verlust unseres Hauses und am Entzug des Sorgerechts für unser Pflegekind Leila. Das alles ist nicht leicht zu verkraften für eine Zwölfjährige … Und auf mich ist alles gleichzeitig eingestürzt. Ich bin mittellos, wir müssen zu viert mit 1.000 Francs Lebensmittelzuschuß und 2.100 Francs Kindergeld im Monat auskommen … Nelly hat schon als kleines Mädchen davon geträumt, Tänzerin zu werden. Aber den Ballettunterricht können wir uns jetzt nicht mehr leisten. Und meine Bekannten, unsere Verwandten und die Freunde von früher haben den Kontakt zu mir abgebrochen … Außerdem habe ich gesundheitliche Probleme, das macht die Sache auch nicht gerade leichter. Und vom Sozialamt läßt sich nie jemand bei uns blicken, keiner fragt, wie es uns geht. Was ich brauche, ist Hilfe, keine Vorwürfe. Können Sie das verstehen?«

»Das verstehe ich sehr gut, Madame«, antwortete die

Untersuchungsrichterin sichtlich bewegt. »Eine solche Situation ist nie leicht. Die Mädchen sind verstört und die Mütter überfordert. Sie wissen nicht, was in so einem Fall zu tun ist.«

Dann riet sie meiner Mutter, gemeinsam mit uns Kindern eine Familientherapie zu machen. »Sie brauchen unbedingt psychologische Betreuung, allein schaffen Sie es nicht. Sie werden finanzielle Unterstützung erhalten.« Endlich hatten wir es einmal mit Menschen zu tun, mit denen man reden konnte, Menschen, die imstande waren, sich in unsere Lage zu versetzen!

Die Untersuchungsrichterin beschleunigte das Verfahren. Sie lud mich vor und unterhielt sich lange mit mir. Sie war sehr freundlich und machte mir Mut. Das Gespräch half mir, meine Schuldgefühle abzubauen.

Dann traf ich zum erstenmal meinen Anwalt. Mit dreizehn einen eigenen Anwalt haben, das fand ich schon beeindruckend. Er lobte meinen Mut und sagte, ich hätte richtig gehandelt, und ich könne auf ihn zählen.

Auch zu Hause ging es wieder ein wenig aufwärts. Philippe, Mamas Freund, fing uns auf. Das war wirklich das richtige Wort dafür, denn wir hatten uns ja im freien Fall befunden. Philippe sprach viel mit uns. Ich entdeckte, daß ein Mann einem Kind sehr viel geben konnte. Er nahm mich ernst, er glaubte mir, wenn ich etwas sagte. Er wäre ein wunderbarer Vater für uns gewesen. Und trotzdem konnte ich mich nicht überwinden, mit ihm über die Vergangenheit zu sprechen.

Es gab aber noch genug Unerfreuliches in unserem Leben. Mein Vater war ja nach wie vor ein freier Mann. Er fuhr mit Großmutters Renault 5 herum und konnte jeden Augenblick bei uns auftauchen. Trotz der Zwischenfälle bei unseren Besuchen hatten meine Großeltern einen Antrag auf Besuchserlaubnis gestellt: Laury und Sandy sollten jedes zweite

Wochenende sowie die Hälfte der Schulferien bei ihnen verbringen. Wir mußten eine einstweilige Verfügung beantragen. Zum Glück wurde der Antrag meiner Großeltern abgelehnt. Aber Großmutters Anwalt konnte es sich nicht verkneifen zu fragen: »Ist das eigentlich erwiesen, daß Nelly von ihrem Vater vergewaltigt wurde?«

Wann würde man mir endlich Glauben schenken? Ich wußte, das Gerichtsverfahren war meine einzige Chance, aber gleichzeitig hatte ich Angst davor.

Die Verhandlung wurde auf den 12. und 13. Januar 1993 anberaumt. Für mich begann eine schwierige Zeit. Eine Zeit mit Höhen und Tiefen. Eine Zeit, in der ich unter Weinkrämpfen und Depressionen litt und der Knoten in meinem Bauch sich eher noch fester zusammenzog. Eine Zeit, in der ich aber auch, zusammen mit meiner Mutter und meinem Anwalt, eine wichtige Entscheidung traf: Die Verhandlung sollte öffentlich sein. Damit endlich die Wahrheit ans Licht käme. Es waren so viele Lügen, so viele Gerüchte über mich in Umlauf, daß ich darauf brannte, die Dinge richtigzustellen, und zwar vor aller Welt. Eine andere Möglichkeit, einigermaßen heil aus der Sache herauszukommen, gab es nicht.

# Die Verhandlung

Die Entscheidung, ob ich meinen Vater vor Gericht bringen sollte oder nicht, ist mir gewiß nicht leichtgefallen. Ich meine, stellen Sie sich das vor: mit dreizehn Jahren den eigenen Vater zu verklagen! Nach meiner Entlassung aus dem Heim hatte Mama mich gefragt, ob ich Anzeige gegen meinen Vater erstatten wolle. Sie dachte, das könnte befreiend wirken. Aber ich wollte nicht. Ich war noch nicht soweit. Ich glaube, in meinem tiefsten Inneren empfand ich noch immer etwas für ihn. Es wäre mir herzlos vorgekommen, ihn hinter Gitter zu bringen. Allein schon wegen Laury und Sandy hatte ich Skrupel: Ich wollte ihnen nicht den Vater wegnehmen.

Aber als ich ernsthaft darüber nachdachte, kam ich zu der Überzeugung, daß er bestraft werden müsse. Er hatte unsere Familie zerstört, unser aller Leben ruiniert. Und dann all die Probleme, mit denen ich mich herumschlug: mein gestörtes Verhältnis zu Jungs, meine Schwierigkeiten in der Schule, meine Selbstmordversuche, die Dummheiten, die ich gemacht hatte. Von den Gerüchten, den Verleumdungen, die über mich in Umlauf waren, gar nicht zu reden. Es hieß, ich sei eine »kleine Schlampe« und selbst schuld an der ganzen Sache. Meine eigene Großmutter hielt mich für eine Lügnerin. Ich wollte, daß die Wahrheit festgestellt wurde. Ich wollte Gerechtigkeit. Was ich brauchte, war ein Gerichtsurteil, das mich von dem Vorwurf der Mitschuld an meiner Vergewaltigung freisprach.

Ich habe sehr lange und sehr gründlich darüber nachgedacht, und eines Tages bin ich zu meiner Mutter gegangen und habe zu ihr gesagt: »Mama, ich will, daß Papa vor Gericht kommt. Er soll für das, was er getan hat, büßen.«

Daraufhin beschlossen wir, die Sache in Angriff zu nehmen, auch wenn wir nicht viel Geld hatten und es alles andere als einfach werden würde. Allein bei dem Gedanken, mich im gleichen Raum wie mein Vater aufzuhalten, wurde mir schlecht. Und dann noch in aller Öffentlichkeit über intime Einzelheiten zu sprechen und zu wissen, daß meine Aussage ihn hinter Gitter bringen würde …

Ich dachte auch an meine Freunde und Klassenkameraden. Es ist nicht schön, wenn man auf die Frage: »Was macht denn dein Vater?« »Das ist nicht mein Vater, sondern mein Stiefvater.« »Und dein richtiger Vater? Wo ist der?« »Im Gefängnis« antworten muß. Man kann sich einfach nicht vorstellen, daß der eigene Vater im Gefängnis sitzt, so ungeheuerlich ist der Gedanke.

Das alles hielt mich zunächst davon ab, meinen Vater zu verklagen. Aber dann entschloß ich mich doch, den Sprung zu wagen. »Papa muß vor Gericht.« Nicht allein meinetwegen, sondern auch um meiner Geschwister und all der Kinder willen, die Opfer sexuellen Mißbrauchs werden und sich nicht wehren können. Ich habe meine Entscheidung nicht bereut. Ich habe nur bereut, daß ich nicht den Mut hatte, die ganze Wahrheit zu sagen, in allen Einzelheiten zu schildern, was mein Vater mit mir gemacht hatte. Über einige sehr intime Details konnte ich einfach nicht reden.

Der Tag begann mit einem Paukenschlag. »Kindesmißbrauch und Totschlag vor dem Schwurgericht« lautete die sechsspaltige Überschrift in den Lokalzeitungen. Die Zeile hat sich mir unauslöschlich ins Gedächtnis eingebrannt. Zwei Fälle wurden an jenem Tag verhandelt: meiner und ein Totschlag, begangen von einem Obdachlosen an einem Mann zwei Jahre zuvor in Avignon. Es handele sich um die »kleine Wintersitzung des Schwurgerichts«, schrieben die Zeitungen. Für mich war das allerdings keine Kleinigkeit, für mich ging es ums Ganze. Entweder ich bekam recht, oder ich war endgültig am Boden. Vor Gericht zu erscheinen und gegen den eigenen Vater auszusagen ist für eine Fünfzehnjährige gewiß keine alltägliche Erfahrung.

Drei Jahre lag das alles nun schon zurück. Drei Jahre, in denen wir – meine Mutter, meine Geschwister und ich – uns schlecht und recht durchs Leben geschlagen hatten. Drei Jahre voller Höhen und Tiefen. Immer die gleichen Gedanken quälten uns. Ich grübelte dauernd darüber nach, warum ich mich nicht getraut hatte, meinem Vater eine Abfuhr zu erteilen. Und meine Mutter klagte immer wieder: »Hätte ich doch bloß nicht diesen Unfall gehabt! Wäre ich doch bloß nicht in dieses Sanatorium gegangen! Hätte ich doch bloß keine Tabletten genommen, dann wäre ich klar im Kopf gewesen und hätte etwas gemerkt!« Aber Selbstvorwürfe brachten uns nicht weiter. Geschehen war geschehen. Jetzt hieß es kämpfen.

Wenn man eine Geschichte wie meine im Fernsehen sieht, denkt man: So was gibt‘s doch gar nicht. Jedenfalls nicht bei uns. Irrtum! Unsere Familie, eine ganz normale französische Durchschnittsfamilie mit einem lieben Papa, ist der beste Beweis dafür.

Damals berichteten alle Zeitungen über unsere schändliche Geschichte: »Vor dem Schwurgericht in Carpentras – der Beginn der Verhandlung wurde auf 14 Uhr festgesetzt – wird heute als erstes ein Fall von Inzest verhandelt: Ein Vater wird angeklagt, seine minderjährige Tochter sexuell mißbraucht zu haben. Leider ist diese schmutzige Affäre kein Einzelfall.«

Meine Mutter und ich waren, damit wir uns nicht abzuhetzen brauchten, bereits am Vormittag nach Carpentras gefahren. Als wir durch die Stadt schlenderten, hätte ich den Leuten auf der Straße, die uns zwar nicht kannten, aber in der Zeitung über uns gelesen hatten, am liebsten zugerufen: »Hier, seht her, ich bin die schmutzige Affäre! Leider«, hätte ich entschuldigend hinzufügen können, »nur eine von vielen ...«

Die Cafébesucher konnten in der Lokalzeitung lesen: »Am 22. Mai 1990 vertraute die dreizehnjährige Nelly ihrer Musiklehrerin an, daß sie tags zuvor von ihrem Vater, einem dreiunddreißigjährigen Mann, zu sexuellen Handlungen genötigt worden war. Die Lehrerin verständigte sofort die Polizei. Bei der Befragung durch die Beamten erklärte das Mädchen, es sei bereits früher zu ähnlichen Vorfällen gekommen. Aus Furcht vor Prügel, aber auch aus Angst, die Liebe des Vaters zu verlieren, hatte Nelly sich nicht gegen die Zudringlichkeiten gewehrt. Nachdem die Mutter in ein Sanatorium eingeliefert worden war, hatte Nelly, die Älteste, den Haushalt versorgt. [ ...] Der Vater beließ es nicht bei Zärtlichkeiten: Er zwang die Tochter zum Geschlechtsverkehr. Nach viertägiger Untersuchungshaft wurde der Beschuldigte auf freien Fuß gesetzt und unter richterliche Aufsicht gestellt. Er erscheint als freier Mann vor Gericht.«

So hatte ein Journalist, den ich nicht kannte, meine Geschichte für die Allgemeinheit zusammengefaßt. Schwarz auf weiß stand sie da. Mit meinem Vornamen: Nelly. Den meines Vaters hatte er nicht erwähnt, so als wollte er ihn, den Erwachsenen, schützen. Meine Klassenkameraden haben den Artikel gelesen, ihre Eltern auch und alle Leute, denen ich in diesem ruhigen etwa dreißig Kilometer von meinem Wohnort entfernten Städtchen an diesem Morgen auf dem Weg zum Gerichtsgebäude begegnete. Das war nun nicht mehr zu ändern. Einen Rückzieher würde ich jedenfalls nicht machen.

Wir hatten um eine öffentliche Verhandlung gebeten. Für meine Zeugenaussage beantragten wir allerdings den Ausschluß der Öffentlichkeit, weil ich nicht vor aller Welt über die Vergewaltigung sprechen wollte. Es würde schon schwierig genug sein, in Anwesenheit meines Vaters, vor dem Richter, den Anwälten und anderen Erwachsenen darüber zu reden. Ich weiß nicht, ob meine Mutter und ich es allein geschafft hätten, ob wir aus eigener Kraft wieder auf die Beine gekommen und stark genug gewesen wären, die Sache bis zum Schluß durchzuziehen. Zum Glück hatten wir Philippe. Er hat uns den Rücken gestärkt, hat uns Mut und Selbstvertrauen gegeben.

An diesem Morgen auf dem Weg zum Gericht kam mir plötzlich eine Erinnerung. Irgendwann, als die Familie noch glücklich beisammen war, hatte mein Vater einmal zu mir gesagt »Weißt du, was wir machen werden? Wir werden im Kanu die Ardèche hinunterfahren und abends irgendwo unser Zelt aufschlagen.« Warum war mir das gerade jetzt eingefallen? Was für ein wunderbares Leben hätten wir führen können, wenn Papa mich nicht vergewaltigt hätte, dachte ich. Wir hätten soviel zusammen unternehmen können. Statt dessen trafen wir uns jetzt vor Gericht wieder. Der Gedanke tat weh.

Wir stiegen eine breite Treppe hinauf. Das alte, düstere Gebäude mit der schweren Tür wirkte ein wenig unheimlich und respekteinflößend zugleich. Drinnen gingen wir noch ein paar Treppen hinauf, bis in den dritten Stock, glaube ich. Plötzlich konnte ich nicht mehr weiter. Ich hatte auf einmal ganz weiche Knie, das Herz schlug mir bis zum Hals, meine Handflächen waren feucht. Mir wurde schwarz vor Augen.

Das nächste, was ich sah, waren meine Großeltern. Wie aus dem Boden gewachsen standen sie vor mir.

Ich drehte mich um und lief weinend davon. Da hatte ich so lange auf diesen Tag gewartet, hatte der Verhandlung entgegengefiebert, weil ich mir eine vollständige Rehabilitierung erhoffte, und jetzt bekam ich weiche Knie und wollte kneifen. Meine Mutter nahm mich in die Arme und sprach mir Mut zu: »Komm, du schaffst das schon!«

Gemeinsam gingen wir an meinen Großeltern und den Leuten aus dem Dorf vorbei. Sie starrten mich an, als ob ich eine Kriminelle wäre, als ob man an diesem 12. Januar 1993 über mich und nicht über meinen Vater Gericht hielte.

Ich schaute zu Boden. Ich ertrug diese Blicke nicht, die zu sagen schienen: »Schämst du dich nicht, du kleine Hexe!« O doch, und wie ich mich schämte. Nicht nur für mich, sondern auch für meinen Vater, für uns alle ... Ich hätte mir gewünscht, ich könnte die Zeit zurückdrehen. Ich hätte mir gewünscht, ich wäre wieder das unschuldige kleine Mädchen, das alle liebten. Das war vorbei. Jetzt sagten sie lauter Unwahrheiten über mich. Sogar in der Zeitung konnte man es lesen: »Die Großmutter väterlicherseits soll mehrfach angedeutet haben, daß [Nelly] ihren Vater provoziert habe und deshalb sie die wahre Schuldige sei.« Es war ganz schön hart, solche Dinge über sich zu lesen.

Wir betraten den Gerichtssaal. Ich war tief beeindruckt. Die Atmosphäre hatte etwas Feierliches und zugleich Beklemmendes. Beinah hätte ich gerufen: »Halt! Stop! Wir müssen das Ganze abblasen! Ich kann nicht mehr! ...«

Meine Großeltern nahmen auf der Bank uns gegenüber Platz. Eine Freundin meiner Großmutter, die ich kannte, war mitgekommen sowie ein Freund meines Vaters, ein Bauer, bei dem er immer Geflügel und Hammelfleisch und Biogemüse gekauft hatte. Ich sah auch M. D., ebenfalls einer von Papas Bekannten, und eine Familie, die ich von klein auf kannte und die bei meiner Erstkommunion dabei gewesen war. Ausschließlich Freunde meines Vaters. Alle waren gekommen, um ihn moralisch zu unterstützen und für ihn auszusagen. Eine verschworene Gemeinschaft gegen uns beide, meine Mutter und mich.

Papas Verwandte und Bekannte musterten mich auf eine Art und Weise, die mir gar nicht behagte. Ich weiß auch nicht, warum. In ihren abschätzenden Blicken glaubte ich zu lesen: »Das alles ist nur deine Schuld! Dir haben wir diesen ganzen Zirkus zu verdanken!« Alles an ihnen, ihre Haltung, ihre Blicke, drückte Feindseligkeit aus.

Mama und ich hätten uns am liebsten in ein Mauseloch verkrochen. Verzweifelt hielten wir nach Marc Geiger, meinem Anwalt, Ausschau. Während dieses letzten Jahres war er immer für mich dagewesen, wenn ich ihn gebraucht hatte. Da er selbst noch jung war, konnte er mich gut verstehen. Er war stets freundlich und sehr einfühlsam. Wir blickten uns also suchend nach ihm um, konnten ihn aber in dem Gedränge nirgends entdecken. Ich zupfte meine Mutter am Ärmel und zog sie ein Stück weg in eine ruhigere Ecke. Mir ging es überhaupt nicht gut. Ich spürte, es würde nicht mehr lange dauern, bis ich zusammenklappen und anfangen würde zu heulen. Nur das nicht, nicht jetzt, nicht vor allen Leuten, sagte ich mir. Im gleichen Augenblick sah ich meinen Vater. Er wurde von zwei Polizeibeamten in den Saal geführt. Mir zitterten die Knie bei seinem bloßen Anblick. Obwohl er weit weg war, konnte ich genau wie früher in seinen Augen lesen: »Sag nichts, kein Wort. Ein kleines Mädchen muß zu seinem Papa halten, es darf ihn nicht verraten.« Ich hatte ihn seit einer Ewigkeit nicht gesehen, aber das war es, was sein Blick mir sagen wollte.

Endlich kamen unsere Anwälte. Wir zogen uns in ein kleines Büro zurück, wo wir eine Zigarette rauchten und über dies und jenes plauderten. Allmählich fiel die Nervosität von uns ab, und wir entspannten uns ein bißchen. Marc Geiger und Odile Ducret erklärten uns, wie die Verhandlung ablaufen würde.

Als ich aus dem Büro trat, blieb ich wie angewurzelt stehen und machte dann unwillkürlich einen Schritt rückwärts, so viele Leute füllten den Flur. Alle Blicke waren auf mich gerichtet. Neugierig starrten sie mich an. Diese Menschen seien keineswegs gegen mich, versuchte mein Anwalt mich zu beruhigen. Eine öffentliche Verhandlung locke immer Neugierige an, zumal wenn es um Inzest und Totschlag (der Obdachlose, der einen Mann umgebracht hatte) ging, das seien eben Fälle, die viel Aufmerksamkeit erregten und jeden Gerichtssaal füllten. Überzeugt hat mich das nicht.

Die Geschworenen setzten sich aus fünf Männern und vier Frauen zusammen. Im Gegensatz zu den Richtern und den Anwälten trugen sie, was mich überraschte, keine Roben, sondern normale Kleidung. Auch sie musterten mich. Ich wußte nicht, wie ich mich verhalten sollte. Lächeln? Weinen? Mir war ganz mulmig zumute, und mein Unbehagen wuchs mit jedem Augenblick. Ich fühlte mich beobachtet, belauert. In wenigen Minuten würde ich meine Geschichte erzählen müssen. Und mein Vater würde auch aussagen und behaupten, ich sei schuld an allem. Nachdem sie uns beide angehört hätten, würden sie sich ein Urteil bilden. Wie würde es ausfallen? Eine Gefängnisstrafe oder die Freiheit für meinen Vater? Ein Schuldspruch für mich, mit der Begründung, ich sei eine kleine Lügnerin? Solchen Unsinn dachte ich, so sehr war ich durch das Gerede der Leute verunsichert worden.

Die Türen gingen auf. Am anderen Ende des großen Saals befand sich ein Podest für die Richter. Seitlich daneben, ein wenig schräg, die Geschworenenbank. So ein Gerichtssaal ist schon beeindruckend. Und dieser ganze Aufwand nur meinetwegen! Das machte mir angst, beruhigte mich andererseits aber auch, zeigte es doch, daß sexueller Mißbrauch von Kindern ein Vergehen war, das nicht auf die leichte Schulter genommen wurde. Dann nahmen alle ihre Plätze ein. Das war ganz merkwürdig, fast wie im Kino. Meine Mutter und ich kamen uns ein bißchen verloren vor. Schließlich setzten wir uns rechts vom Mittelgang ganz an den Rand. Jetzt wurden nacheinander die Geschworenen aufgerufen. Erschrocken stellte ich fest, daß es mehr Männer als Frauen waren. Ich dachte, das würde die Sache erschweren, denn vor Männern, vor fremden Männern, über intime Dinge zu sprechen, stellte ich mir ziemlich schwierig vor.

Mein Anwalt beruhigte mich: »Keine Sorge, sie werden dich verstehen. Nicht du stehst unter Anklage. Du bist lediglich Zeugin und machst deine Aussage, das ist alles.« Aber es handelte sich immerhin um meine Geschichte! Ich war doch die Hauptbetroffene. Und dann all die Gerüchte über mich … Und die versammelte Clique meines Vaters …

Ich setzte mich wieder neben meine Mutter an den Rand des Mittelgangs. Der Saal war voll: Anwälte, Sekretärinnen, Schaulustige, Reporter … Viel zuviel Menschen. Meine Großeltern und die anderen drehten sich dauernd um und musterten mich feindselig. Ich konnte ihre Blicke förmlich spüren. Ich preßte die Lippen zusammen. Ich sagte nichts. Ich saß da mit gesenktem Kopf und traute mich nicht aufzuschauen. Ich konnte einfach nicht. Ich hatte eine Mordswut im Bauch. »Mama, gib mir deine Hand! Laß mich bitte nicht allein, Mama!«

Als mein Vater hereingeführt wurde, brach ich in Tränen aus. Ich weiß auch nicht, warum. Ich hätte nie gedacht, daß ich nach drei Jahren noch weinen würde. Aber wie ich ihn so aus allernächster Nähe sah … Und dann trug er Handschellen und wurde von zwei Polizeibeamten vorgeführt. Bei einem Schwurgerichtsverfahren wird das immer so gehandhabt, auch wenn der Angeklagte nicht inhaftiert war. Erst am Tag vor der Verhandlung wird er in Haft genommen. Der Anblick berührte mich seltsam. Was für eine Schande für unsere Familie! Ein Raunen ging durch den Saal. Die Leute tuschelten, ihre Blicke wanderten zwischen meinem Vater und mir hin und her, so als versuchten sie abzuwägen, wer von uns beiden der Schuldige war: Er – wo er doch so sympathisch wirkte – oder ich?

Ich fragte mich, wie es so weit kommen konnte. Wie war es möglich, daß wir uns in eine solche Situation manövriert hatten? Das war wirklich traurig. Ich glaube, in diesem Augenblick tat mir mein Vater sogar leid …

Gleich nachdem die Verhandlung eröffnet worden war, wurde ich aus dem Saal geschickt. Man führte mich in ein kleines, ziemlich trostloses Büro, in dem ein paar Holzmöbel standen. Dort wartete, was ich nicht gewußt hatte, meine Musiklehrerin auf mich. Mit dem gleichen Lächeln, der gleichen Freundlichkeit wie früher. Mir fiel ein Stein vom Herzen. Jetzt hieß es für mich nicht mehr: allein gegen alle. Meine Lehrerin hatte mich nicht im Stich gelassen. Daß sie bis zuletzt zu mir hielt, fand ich ganz schön mutig. Danke für den Beistand! Danke fürs Kommen!

Wir verbrachten fast den ganzen Nachmittag in dem kleinen Raum, ohne zu wissen, was in der Verhandlung vor sich ging. Wir unterhielten uns lange. Meine Lehrerin wollte wissen, wie es mir in den drei Jahren ergangen sei. Ich war jetzt fünfzehn, ich hatte mich verändert, ich war nicht mehr das kleine Mädchen von damals. Ich erzählte ihr von meinem neuen Leben, von meinen Freunden, von unserem Umzug, verschwieg aber auch nicht, daß ich große Probleme hatte. Zum Beispiel in der Schule, wo meine Leistungen immer schlechter wurden. Und ich hatte auch nicht wieder angefangen zu singen. Ich hatte überhaupt keine Lust mehr dazu.

Unterdessen ging Mama im Gerichtssaal drüben durch die Hölle. Später berichtete sie, was sich während meiner Abwesenheit zugetragen hatte: »Dein Vater hat nicht einmal den Mut gehabt, seine Aussage zu wiederholen. Statt dessen hat der Richter sie vorgelesen. Darin warf er mir vor, eine schlechte Ehefrau zu sein, 300000 Francs für Kleidung ausgegeben zu haben, ihn mit einem anderen Mann zu betrügen. Als der Richter ihn zum Vorwurf des sexuellen Mißbrauchs befragte, antwortete er, er habe nie einen Orgasmus gehabt, wenn er mit dir zusammen war, und er habe nur versucht, bei dir zu bekommen, was ich ihm verweigert hätte ... Mich hat der Ekel gepackt, ich hätte ihn umbringen können. Und er saß auf der Anklagebank und lächelte ... Dann wurden die Gutachter angehört. Der seelische Schaden, den du erlitten hättest, sei nicht so schlimm, daß du dich nicht wieder davon erholen würdest, hat ein Psychiater behauptet. Dein Versagen in der Schule, deine Selbstmordversuche, dieses eine Mal, als du deine Hose angezündet hast, deine Depressionen, das alles hat er nicht berücksichtigt ... Andere Gutachter haben die Ansicht vertreten, dein Vater sei sich sehr wohl bewußt gewesen, was er tat, und könne daher nicht auf Unzurechnungsfähigkeit plädieren, um einer Haftstrafe zu entgegen. Dann hat der Richter die Zeugenaussagen zugunsten deines Vaters vorgelesen. Von seinem Mut war da die Rede, seiner Ehrlichkeit, seinem Fleiß ... Ein fast vollkommener Mann ...«

Ich bekam von alldem nichts mit, ich saß abgeschirmt in

dem kleinen Büro. Gegen Abend gesellten sich Gendarmeriebeamte zu uns. Ich erkannte sie sofort wieder: Sie hatten mich an dem Tag, an dem mein Vater festgenommen worden war, in Orange vernommen. Das war am 22. Mai 1990 gewesen, das Datum würde ich nie vergessen.

»Wie die Zeit vergeht!« staunten sie. »Uns kommt es so vor, als wäre es gestern erst gewesen!« Ja, mir auch. Für mich wird es immer so sein, »als wäre es gestern erst gewesen«. Wir unterhielten uns. Auch sie wollten wissen, wie es mir denn so ginge, und stellten eine Menge Fragen. Sie waren sehr freundlich und wünschten mir alles Gute.

Schließlich wurde meine Musiklehrerin in den Zeugenstand gerufen. Sie nahm mich zum Abschied in die Arme und wünschte mir viel Glück. Ich glaube, es hätte nicht viel gefehlt und sie hätte angefangen zu weinen. Eilig verließ sie das Büro. Das alles war bestimmt nicht leicht für sie. Ich habe ihr eine Menge zu verdanken. Was wäre wohl aus mir geworden, wenn sie nicht gewesen wäre? Es hätte sicher ein schlimmes Ende für uns alle genommen. Wer weiß, vielleicht hätte mein Vater früher oder später auch noch meine Schwester mißbraucht.

Ich blieb mit den Beamten allein im Zimmer. Dann wurden auch sie aufgerufen, um ihre Aussage zu machen. Jetzt leistete mir nur noch ein Herr vom Gericht, den ich nicht kannte, Gesellschaft. Ich wartete und wartete. Ich hatte Angst. Ich stand auf, trat ans Fenster, setzte mich wieder hin. Aber ich konnte nicht stillsitzen, ich war so nervös. Ich kriege bestimmt kein Wort heraus, dachte ich. Plötzlich hatte ich Panik: Ich kann mich gar nicht mehr an alles erinnern! Wie soll ich die richtigen Worte finden, um zu erklären, was passiert ist? Da sind Dinge dabei, über die ich auf keinen Fall sprechen will. Dann wieder redete ich mir ein, mir würde ja doch niemand glauben; ihm, dem Erwachsenen, würden sie sicher zuhören, aber mir? Ich machte mich ganz verrückt, mir war schlecht. Wenn doch Mama dagewesen wäre! Oder meine Musiklehrerin. Oder mein Anwalt.

Als ich endlich an die Reihe kam und den Gerichtssaal betrat, drehten sich alle zu mir um und schauten mich an. Sogar mein Vater. Aber er sah mich nicht boshaft an, so als wollte er sagen: »Hättest du eben den Mund gehalten ...«, sondern ganz gelassen und spöttisch lächelnd. Als hätte er sich damit abgefunden, vor Gericht zu stehen. Ich blickte zu Boden. Langsam ging ich nach vorn. Ich schaffte es immerhin bis zum Zeugenstand, soviel Kraft hatte ich. Es war nicht leicht vor den vielen Leuten, die mich beobachteten, vor all den Neugierigen, den Richtern, den Journalisten, vor meinem Vater, meiner Großmutter, meinem Großvater, der ganz mitgenommen aussah, so als wäre der Himmel über ihm eingestürzt, und Tränen in den Augen hatte. Ich mochte ihn wirklich sehr, meinen Großvater.

Ich klammerte mich mit beiden Händen an den Zeugenstand. Es hätte mich nicht gewundert, wenn sich meine Fingernägel ins Holz gebohrt hätten, so verkrampft war ich vor lauter Angst. Ich hob den Kopf. Das schaffte ich auch noch. Ich betrachtete die Richter, eindrucksvolle Gestalten in ihren weiten, roten und schwarzen Roben.

Einer von ihnen fragte: »Wie geht es dir inzwischen? Hast du das schreckliche Erlebnis verkraftet?« Und ich Idiot, was mache ich? Ich stehe da und schweige. Obwohl ich meinen Vater haßte, wollte ich ihn schützen. Ich weiß auch nicht, wieso, vielleicht weil wir uns im gleichen Raum befanden, vielleicht weil wir vor Gericht standen. Ich weiß es nicht. Ich war total blockiert. In meinem Kopf herrschte absolute Leere. Ich hatte alles verdrängt.

Schließlich stammelte ich: »Ja, ja, mir geht's gut … Alles bestens.«

Ich brachte es nicht fertig, über meine Probleme zu reden, über die vielen Dinge, die bewiesen, daß ich das Erlebte noch längst nicht verkraftet hatte. Ich sprach weder über meine Alpträume noch über meine Selbstmordversuche, ich sagte nichts davon, daß ich überall meinen Vater zu sehen glaubte, nichts davon, daß ich die Schule nicht mehr schaffte, nichts davon, daß meine Geschwister völlig verstört waren … Ich blieb stumm. Ich konnte doch nicht in fünf Minuten erklären, was wirklich los war, während diese Richter, die mir Respekt einflößten, auf mich herunterschauten, während mein Vater triumphierend grinste und seine Freunde und alle diese fremden Menschen mich anstarrten. Das überstieg meine Kräfte. Ich war dem nicht gewachsen. »Ja, ja, mir geht's gut … Alles bestens.« Mehr war nicht aus mir herauszubringen. Völlig kaputt, die Kleine, aber es ging ihr bestens.

In diesem Augenblick bekam mein Vater wieder Oberwasser. Meine Verschlossenheit gab ihm Auftrieb, wirkte wie ein Aufputschmittel auf ihn. Er beobachtete mich aus dem Augenwinkel heraus, wie wenn er mich warnen wollte: »Halt bloß den Mund!« Genau das hatte ich ja gemacht, er konnte zufrieden sein. Bestimmt dachte er: Sehr gut, ich hab' sie immer noch im Griff. Oder jedenfalls etwas in der Art.

Zum Glück hat meine Mutter gemerkt, daß da etwas nicht stimmte. Sie sprach mit meinem Anwalt. Er kam mir sofort zu Hilfe. Er trat neben mich und stellte mir eine wirklich indiskrete Frage. Ganz laut, so daß alle es hören konnten. Da fing ich an zu weinen. Ich wollte nicht darauf antworten, ich genierte mich vor all den Leuten.

Ich wandte mich meinem Anwalt zu. Hinter ihm, auf der Anklagebank, sah ich meinen Vater. Er lächelte selbstsicher.

»Sag nichts«, las ich in seinem Blick. »Du bist meine Tochter, du darfst mich nicht denunzieren. Ein Kind hat nicht das Recht, den eigenen Vater zu verklagen.«

Das war wirklich eine problematische Situation, der Richter hätte doch daran denken müssen, daß ich meinen Vater sehen konnte, daß ich überhaupt nur noch ihn sah. Er war immer dagewesen, und er würde immer dasein, um mich spöttisch lächelnd daran zu erinnern, was geschehen war, um mich am Reden zu hindern …

Zu guter Letzt beantwortete ich die peinliche Frage aber doch. Mit tränenerstickter Stimme flüsterte ich ins Mikrofon: »Mein Vater hat mich mit der Hand befriedigt. Einmal hat er sich darüber beklagt, daß er alles tue, damit es schön für mich sei, während ich mir überhaupt keine Mühe gäbe. Er verlangte, daß ich ihn auch streichelte und mit der Hand befriedigte …« Ich hatte es geschafft, vor aller Welt diese Aussage zu machen. Ich fühlte mich gedemütigt, ich heulte, aber ich hatte es geschafft.

Mein Anwalt bat darum, mir weitere Fragen stellen zu dürfen. Da muß sich mein Vater gesagt haben: Das war's dann wohl. Aus und vorbei. Er senkte den Kopf. Wir hatten die Rollen getauscht. In diesem Augenblick gewann ich die Oberhand. Ich redete mir alles von der Seele, warf den ganzen Ballast ab. Ich sagte aus, daß er mich vergewaltigt hatte, daß ich nie damit einverstanden war und daß er mich mehrfach zum Geschlechtsverkehr gezwungen hatte. Ich erwähnte auch seine Drohungen für den Fall, daß ich mit irgend jemandem darüber sprechen würde. Einiges verschwieg ich, aber es war auch so schon genug.

Dann forderte mein Anwalt mich auf, die Geschichte mit den Zetteln zu erzählen. Ich warf ihm einen bittenden Blick zu, in der Hoffnung, er würde mir das ersparen. Aber er bestand auf einer Antwort. Ich fügte mich und schilderte den Vorfall. Einmal hatte ich mit drei gleichaltrigen Freunden unweit der Schule ein Pfänderspiel gespielt. Wer einen Fehler machte, mußte eine Aufgabe erfüllen, die wir auf einem Zettel notiert hatten, zum Beispiel jemandem einen Kuß geben oder sich an die Brust fassen lassen. Alles ganz harmlos. Ich war zwölf und fand das irre komisch. Als ich meinem Vater davon erzählte, machte er mir eine unbeschreibliche Eifersuchtsszene. Er beschimpfte mich als »Miststück«, »Nutte« und dergleichen mehr. Das verschwieg ich allerdings vor Gericht.

Anschließend zeigte mein Anwalt den Geschworenen Fotos von mir aus der Zeit, als mein Vater mich mißbrauchte, damit sie sahen, daß ich ein kleines Mädchen war, das mit Barbie-Puppen spielte.

Nach zehn Minuten durfte ich den Zeugenstand verlassen. Zehn Minuten, die mir wie eine Ewigkeit vorgekommen waren, die aber alles änderten. Ich kehrte an meinen Platz zurück. Ich weinte noch immer. Meine Mutter nahm mich tröstend in die Arme. Mein Vater blickte zu mir herüber. Um seine Mundwinkel spielte nach wie vor dieses Lächeln. Er machte den Eindruck, als berührte ihn das alles gar nicht mehr. Es schien ihn auch nicht zu stören, daß unser Leben vor aller Welt ausgebreitet wurde.

Die Verhandlung war damit beendet, das Gericht vertagte sich auf den folgenden Tag. Ich hatte es überstanden. Aber der Prozeß ging weiter.

Am zweiten Verhandlungstag hörte ich zum erstenmal, was mein Vater unmittelbar nach seiner Festnahme auf der Polizeiwache in Orange ausgesagt hatte. Das war wirklich widerlich. Und mir hatte er tags zuvor noch leid getan! Dabei hatte

Mama mich gewarnt: »Dein Vater wird dir nichts ersparen. Er will seine Haut retten und wird nicht davor zurückschrecken, dich hineinzureiten.« Ich hatte ihr nicht glauben wollen. Aber genau so kam es.

Mein Vater hatte, um dem Gefängnis zu entgehen, alles auf mich abgewälzt. Ich sei zu ihm ins Bett geschlüpft, behauptete er, und habe ihn aufgefordert, mit mir zu schlafen. Er habe das gar nicht gewollt, aber ich hätte ihm keine Ruhe gelassen. Mit zwölf Jahren, wohlgemerkt! Solchen Unsinn, solche Lügen hatte er zu seiner Verteidigung erzählt. Ich hätte ihn provoziert, ihn angemacht und so weiter. Nichts als Unwahrheiten und lächerliche Unterstellungen. Es war ekelhaft.

Ich machte mir bittere Vorwürfe. Warum hatte ich im Zeugenstand nicht die ganze Wahrheit gesagt? Warum hatte ich nicht in allen Einzelheiten geschildert, wie es wirklich abgelaufen war? Warum hatte ich das eine oder andere verschwiegen?

Ich hatte einen Wahnsinnshaß auf meinen Vater. Er, dieser Mistkerl, hatte keine Skrupel gehabt, mich zu belasten. Alles hängte er mir an, nur um seine Haut zu retten. Und ich hatte von nichts gewußt. Ich hatte keine Ahnung gehabt, daß er erst auf der Polizei und später im Dorf herumerzählt hatte, ich sei an allem schuld, ich hätte ihn praktisch verführt. Jetzt war mir klar, woher all die Gerüchte kamen, weshalb die Leute mich für die Schuldige hielten. Mir hatte ja nie jemand etwas gesagt …

Mein Vater hatte einen ausgezeichneten Anwalt, Michel Roubaud. Auch er war noch jung und verstand sein Handwerk. Die Presse hatte über ihn geschrieben, er habe keine leichte Aufgabe, aber er hat meinen Vater hervorragend verteidigt. Ich war dabei, ich habe sein Plädoyer gehört. Er verwies darin auf einen Fall, der sich in England zugetragen und seinerzeit für großes Aufsehen gesorgt hatte. Die Liebesaffäre zwischen Bruder und Schwester endete damit, daß beide in den Tod gingen. Er sprach auch über Gainsbourgs Chanson »Lemon inceste«. Was mich an seinen Ausführungen am meisten beeindruckte, war jedoch, was er über den animalischen Instinkt und über den Ödipuskomplex sagte, »was aber keine Entschuldigung, sondern lediglich eine Erklärung sein soll«.

Mein Vater müsse sich in ärztliche Behandlung begeben, meinte er und fügte hinzu: »Der Angeklagte hat eine Tat begangen, die nicht wiedergutzumachen ist, aber er beging sie aus Liebe.« Ein Anwalt hat die Pflicht, seinen Mandanten zu verteidigen. Ich rechnete es ihm hoch an, daß er das nicht auf meine Kosten tat. Er suchte die Schuld nicht bei mir, im Gegenteil, er nahm mich in Schutz. Ich sei das Opfer, erläuterte er. Und damit hatte er völlig recht.

Mein Anwalt hielt ebenfalls ein glänzendes Plädoyer. Er legte dar, welche seelischen und moralischen Auswirkungen der Inzest auf mich gehabt hatte. Er schilderte die psychischen Belastungen, denen ich ausgesetzt war, sprach von den Folgen und meiner tiefen Verstörtheit: »Während ihr Vater nach nur vier Tagen Haft wieder auf freien Fuß gesetzt wurde, mußte Nelly vier Monate im Heim verbringen. Sie verstand diese Maßnahme nicht und empfand sie zwangsläufig als Strafe.«

Er erzählte auch von meinen Versuchen, mir das Leben zu nehmen, indem ich entweder Tabletten geschluckt oder meine Kleider mit Benzin übergossen und angezündet hätte. Überdies stehe doch wohl fest, sagte er, daß mein Vater Gewalt gegen mich angewendet habe: »Keine körperliche, aber seelische Gewalt. Nelly stand unter massivem psychischen Druck. Sie glaubte, wenn sie sich ihrem Vater verweigerte, würde er sie verstoßen, und dann wäre sie ganz allein.«

Der Staatsanwalt forderte zehn Jahre Gefängnis. Ich dachte, ich hätte mich verhört. Ungläubig sah ich ihn an. Zehn Jahre? dachte ich. Das ist eine lange Zeit. Ich fand die Strafe zu hart. Beinah hätte ich gerufen: »Nein, nicht zehn Jahre! Das ist zuviel!«

Ich weiß nicht, warum ich im ersten Moment so entsetzt reagierte. Dann begann ich nachzudenken, und ich sagte mir: Ich werde nie vergessen können, was passiert ist, noch in zehn oder selbst in zwanzig Jahren wird mir der Alptraum im Kopf herumspuken. Und Mama auch. Und meinen Geschwistern auch. So betrachtet, sind die zehn Jahre Haft nur gerecht. Er hat sie verdient. Das muß ich mir immer wieder sagen: Er hat sie verdient. Nur jetzt nicht weich werden!

Die Geschworenen zogen sich zur Beratung zurück. Zehn Jahre Haft. Die Entscheidung lag bei fünf Männern und vier Frauen …

Das Warten war furchtbar. Ich konnte keinen klaren Gedanken mehr fassen. Ich sah Mama von der Seite an. Auch ihr war nicht nach Reden zumute. Was mochte ihr in diesen dramatischen Minuten durch den Kopf gehen? Erinnerte sie sich an den Tag zurück, an dem sie Papa kennengelernt hatte, an ihr junges Glück? Oder an den Tag, an dem eine Welt für sie zusammenbrach, weil sie erfahren mußte, daß er mich vergewaltigt hatte? Machte sie sich Gedanken über die Zukunft? Wovon sollten wir leben, wenn Papa im Gefängnis war und uns keinen Unterhalt zahlen konnte? Auch Mama hatte großen Mut bewiesen, als sie sich entschloß, ihren Mann zu verklagen.

Endlich hatten die Geschworenen ihre Beratung beendet. Als sie den Saal betraten, erhoben sich alle von ihren Plätzen.

Es war totenstill. Papa wirkte zuversichtlich. Gelassen wartete er auf die Urteilsverkündung. Großmutter Mireille dagegen rutschte nervös auf ihrer Bank hin und her.

Mir schlug das Herz bis zum Hals. Ich hatte Angst, ob davor, daß die Geschworenen dem Antrag des Staatsanwalts gefolgt waren oder daß sie meinen Vater freisprechen würden? Ich hätte es nicht sagen können.

Der Richter verlas das Urteil. »Der Angeklagte wird zu einer Freiheitsstrafe von fünf Jahren verurteilt.« Ich war enttäuscht. Fünf Jahre! Was sind schon fünf Jahre, wenn einem zudem noch ein Teil der Strafe erlassen wird, dachte ich.

Das Gericht sprach mir außerdem einen Schadensersatz in Höhe von 60 000 Francs zu. Das reichte zwar nicht, um meine Erinnerungen auszulöschen – nicht einmal eine Milliarde brächte das fertig! –, aber es diente immerhin dazu, der Öffentlichkeit zu demonstrieren, daß ein Schaden entstanden war.

Unmittelbar nach der Urteilsverkündung sprang ich auf und eilte zur Tür. Die Tränen liefen mir übers Gesicht, ich war bis ins Innerste aufgewühlt. Es war vorbei.

Mein Großvater warf mir einen feindseligen Blick zu. Ich verstand ihn nicht mehr. Anfangs war er auf meiner Seite gewesen. »Dein Vater hat eine Dummheit gemacht«, hatte er zu mir gesagt, »und dafür muß er bestraft werden. Das ist nur gerecht.« Aber jetzt schien er sich gegen mich gewendet zu haben. Dabei war er ein wirklich anständiger Mann, mein Großvater. Und ich weiß, daß er mich sehr gern gehabt hat. Ich war sein ganzer Stolz gewesen.

Bevor ich den Saal verließ, streifte ich meinen Vater mit einem raschen Blick. Ich konnte nicht anders. Er lächelte mir zu. Er wirkte irgendwie erleichtert, so als wäre er froh, daß dieser Prozeß stattgefunden hatte. Ich weiß nicht, warum. Ich jedenfalls hatte mich nicht wohl gefühlt in meiner Haut. Es gab keinen Grund zum Jubeln. Keinen Grund, stolz zu sein. Ich wurde das Gefühl nicht los, daß ich diejenige war, über die gerichtet wurde.

Aber jetzt war es vorbei. Das Gericht hatte meine Unschuld festgestellt, mich reingewaschen von dem Verdacht, die Vergewaltigung provoziert zu haben. Das war die Hauptsache. Und ich war überzeugt, nach diesem Urteil würden die Gerüchte verstummen. Ich würde nicht länger die kleine Schlampe sein, die ihren Vater angemacht hat. Endlich würde ich einen Schlußstrich unter die ganze Geschichte ziehen und den Leuten wieder ins Gesicht blicken können. Niemand würde mich jetzt noch schräg ansehen. Ich war wieder ein Mädchen wie alle andern. Dafür bedanke ich mich bei Ihnen, Hohes Gericht, und bei Ihnen auch, meine Damen und Herren Geschworenen!

Am anderen Tag berichtete die Presse auf der Titelseite über unseren Fall. »Fünf Jahre Gefängnis für den Vater, der seine Tochter sexuell mißbraucht hat« lautete eine Schlagzeile. Ich las alle Artikel, um mich zu vergewissern, daß die Leute endlich über den wahren Sachverhalt aufgeklärt wurden. Einige ausführliche Berichte habe ich aufgehoben, zum Beispiel den, in dem es hieß: »Der Angeklagte, ovales Gesicht, Oberlippenbart, braunes, leicht zerzaustes Haar, schien sehr zuversichtlich, was den Ausgang der Verhandlung betraf ...«

Bis dahin war alles in Ordnung. Es folgte eine Schilderung des Prozeßverlaufs. Und dann plötzlich der Schock. Der Journalist gab nämlich die Aussage meines Vaters vor Gericht wieder:

»›Ich habe nur dem Drängen meiner Tochter nachgegeben. Wenn meine Frau sich hingelegt hatte, kam sie zu mir und küßte mich und schmuste mit mir. Da habe ich eben mit ihr geschlafen ... Abends, wenn ich nach Hause kam, erwartete sie mich schon, im Nachthemd, und darunter war sie nackt. Ich sagte: Nein, das ist nicht richtig, du weißt doch, wohin das führt. Aber sie wollte nicht hören und lief mir ins Wohnzimmer nach.‹«

Obwohl mein Vater verurteilt worden war, hatte die Zeitung seine Verleumdungen abgedruckt. Ich war am Boden zerstört. Ich heulte vor Wut und Verzweiflung. Da ich meine Aussage unter Ausschluß der Öffentlichkeit gemacht hatte, stand natürlich nichts darüber in der Zeitung. Es war ein Fehler gewesen, hinter verschlossenen Türen zu sprechen. Mein Vater hatte als Angeklagter nicht die Möglichkeit gehabt, einen Antrag auf Ausschluß der Öffentlichkeit zu stellen, folglich hatte jeder hören können, was er zu sagen hatte.

Sicher, er war verurteilt worden, aber meiner Meinung nach würden die Leute nur eins im Gedächtnis behalten: seine Anschuldigungen, seine Verleumdungen. »Ich habe nur dem Drängen meiner Tochter nachgegeben ...« Der Gedanke, ich hätte meinen Vater verführt, würde sich in ihren Köpfen festsetzen. Seit drei Jahren ging das Gerücht um, und jetzt stand es schwarz auf weiß in der Zeitung. Alle würden es lesen. Und alle würden es glauben. Ich hatte das Gefühl, alles war umsonst gewesen. Jetzt konnte ich wieder von vorn anfangen. Sie hatten mir meinen Prozeß gestohlen.

Ich muß unbedingt etwas dagegen unternehmen, sagte ich mir, so kann es nicht weitergehen. Ich darf diese Lügen nicht unwidersprochen hinnehmen, sonst hat das nie ein Ende. Die Version meines Vaters kennen die Leute jetzt – höchste Zeit, daß sie endlich auch meine kennenlernen.

Diese Gedanken und Empfindungen bewegten mich damals. Ich reagierte überempfindlich, weil ich zu tief verletzt war. Ich hätte ja auch bloß lesen können: »Fünf Jahre Gefängnis für den Vater, der seine Tochter sexuell mißbraucht hat«. Aber mein Blick wanderte unweigerlich immer wieder dorthin, wo mein Vater mit den Worten zitiert wurde: »›Ich habe nur dem Drängen meiner Tochter nachgegeben …‹«. Tränen der Wut liefen mir übers Gesicht. Sollte mich der Vorwurf mein Leben lang verfolgen? Wahrscheinlich. Wahrscheinlich würde ich für die anderen immer die Schuldige sein.

Plötzlich packte mich das unbändige Verlangen, meinen Vater umzubringen. Ich hatte nur noch einen Wunsch: es ihm heimzuzahlen, mich an ihm bitter zu rächen für all das, was er mir körperlich und seelisch angetan hatte.

»Wenn er aus dem Gefängnis entlassen wird, werde ich dasein«, sagte ich zu meiner Mutter. »Ich werde auf ihn warten und ihm eine Kugel in den Kopf jagen.« Und bedauernd fügte ich hinzu: »Das hätte ich schon viel früher tun sollen.« Mama nahm mich fest in die Arme. »Ich verstehe ja, daß du ihn haßt, mein Kleines … Aber es gibt jetzt Wichtigeres zu tun. Du mußt endlich wieder anfangen zu leben – zu leben und zu vergessen.«

## »Mea culpa«

Selbst nach dem Prozeß haben uns viele geraten, kein Wort mehr über die Angelegenheit zu verlieren, sie einfach totzuschweigen. Man hätte meinen können, sie fühlten sich unangenehm berührt davon. Für viele blieb ich auch nach dem Gerichtsurteil die Hauptschuldige. Den Fall an die Öffentlichkeit gezerrt und meinen Vater verklagt zu haben, stellte in ihren Augen ein noch schlimmeres Vergehen dar, als »nur« Vergewaltigungsopfer zu sein.

Das ging bald so weit, daß meine Mutter sich nicht mehr ins Dorf meiner Großeltern traute, wo Papa drei Jahre auf seinen Prozeß gewartet hatte. Sie hatte Angst, ihr altes Auto könnte sie ausgerechnet dort im Stich lassen. Etliche Zwischenfälle hatten uns gezeigt, daß das Gerichtsverfahren keineswegs die Dinge wieder ins Lot gebracht und mich rehabilitiert hatte. Und das galt nicht nur für das Heimatdorf meines Vaters.

Auf meiner Schule in Orange etwa fragte mich einmal ein Junge, der so alt war wie ich, ob ich mit ihm ausgehen wolle. Ich sagte nein. Da erzählte er überall herum, ich hätte abgetrieben. Ich ging zum Direktor und sprach mit ihm darüber. Er war sehr freundlich und verständnisvoll. Er bat die Eltern des Jungen zu sich und ließ auch meine Mutter kommen. Der Vater des Schülers beschimpfte Mama auf üble Art und Weise.

»Ihr Mann hat ganz recht gehabt, wenn er Ihre Tochter vergewaltigt hat!« schleuderte er ihr ins Gesicht. Ich brach in Tränen aus und Mama auch. Wie konnte jemand so gehässig sein? Tiefer Abscheu erfüllte uns.

Solche Vorfälle ereigneten sich immer wieder. Viel zu oft. Das machte mich ganz krank. Ich mußte ständig an den Tod denken. Ich wollte nicht nur meinen Vater umbringen, sondern auch mich. Damit endlich Ruhe war. Ich verkraftete diese ganze Geschichte nicht. Sie zog sich schon so lange hin, und es war noch immer kein Ende abzusehen. Sie würde mich mein Leben lang begleiten. Sie ließ sich in einem Satz zusammenfassen und war in mich eingeätzt wie eine Tätowierung, die jeder lesen konnte: Nelly hat ihren Vater verführt.

Nach dem Prozeß hätte ich eigentlich zufrieden sein müssen. Er hatte mir Gerechtigkeit verschafft. Mein Vater war schuldig gesprochen worden. Das Gericht sah es als erwiesen an, daß er mich vergewaltigt hatte, und bescheinigte mir »schwere psychische Störungen«. Doch all das überzeugte die Leute nicht. Das Gerede ging weiter. Am Schluß der Verhandlung hatte mein Vater gesagt: »Sie war diejenige, die mich provoziert hat, aber ich will nicht, daß man sie deshalb für eine Schlampe hält.«

Meine Großmutter hielt weiterhin zu Papa, und auch seine Freunde nahmen ihn immer noch in Schutz. Ich mußte einen Weg finden, mir endlich Gehör zu verschaffen. Es sollte mir auf eine Art und Weise gelingen, von der ich nicht einmal zu träumen gewagt hätte.

In meiner Heimat hatte mein Fall viel Staub aufgewirbelt, aber ich konnte mir nicht vorstellen, daß sich darüber hinaus jemand damit befaßte. Eines Tages jedoch rief uns Odile Ducret, die Anwältin meiner Mutter, an und sagte: »Einige Journalisten aus Paris würden gern eine Fernsehsendung zum

Thema sexueller Mißbrauch von Kindern mit Ihnen machen … Sie sind durch jemanden aus der Gegend hier auf Ihren Fall aufmerksam geworden, haben sich über den Prozeß informiert und auch von den Gerüchten gehört, die in Umlauf sind. Das hat sie so erschüttert, daß sie sich gern einmal mit Ihnen unterhalten würden.«

Mama fand das Interesse der Journalisten ganz normal. »Ich kann sie verstehen. Es gehört viel Mut dazu, an die Öffentlichkeit zu gehen und den eigenen Vater zu verklagen. Außerdem ist sexueller Mißbrauch von Kindern ein Thema, über das man sprechen muß.«

Ich hingegen staunte. Für mich war es keineswegs selbstverständlich, daß sich jemand, der mich überhaupt nicht kannte, der nicht einmal aus der Gegend hier stammte, mit meiner Geschichte beschäftigte und erschüttert war, während ich hier als kleine Schlampe galt. Dieses Interesse war mir ein großer Trost.

Ich sprach mit einer unserer Aufsichtspersonen in der Schule darüber. Der junge Mann arbeitete am Theater und im Filmclub.

Er liebte den Umgang mit uns Schülern, und wir diskutierten oft miteinander. Ich hatte Vertrauen zu ihm. Er half mir. Die Fernsehsendung hieß »Mea culpa«.

»Was für eine Art Sendung ist das eigentlich?« fragte ich ihn. »Eine ganz ausgezeichnete. Aber es könnte trotzdem verletzend für dich werden. Überleg es dir gut, bevor du zusagst.«

In den Pausen beleuchteten wir das Problem von allen Seiten. »Wenn du die Sendung machen willst, solltest du mit den Fernsehleuten vereinbaren, daß dein Gesicht nicht gezeigt wird«, riet er mir. »Das wäre meiner Meinung nach das beste.« »Das finde ich nicht«, antwortete ich. »Das ist doch blöd, wenn man nicht sieht, wer da spricht. Dann wirkt das Ganze unglaubwürdig. Und außerdem, was nützt es, wenn die Leute mich nicht sehen können? Dann wissen sie ja nicht, daß ich es bin, und das Gerede geht immer weiter.«

Wir überlegten hin und her und erwogen das Für und Wider. Zum Schluß meinte er: »Letztlich mußt du selbst wissen, ob du stark genug bist, um die Konsequenzen zu tragen.«

»An den Konsequenzen trage ich jetzt schon drei Jahre«, erwiderte ich.

Ich sprach auch mit der Erziehungsberaterin unserer Schule darüber. Sie sollte uns bei der Lösung unserer Probleme behilflich sein und uns Orientierungshilfen geben. Sie kannte mich sehr gut und hatte meine Geschichte mit großer Aufmerksamkeit verfolgt. Wir unterhielten uns ausführlich über diese Sendung, um herauszufinden, ob ich seelisch überhaupt dazu in der Lage wäre und ob sie mir in irgendeiner Weise von Nutzen sein könnte.

Schließlich kam meine Beraterin zu dem Schluß, ich könnte tatsächlich von der Sendung profitieren, weil sie mir Gelegenheit geben würde, mich zu äußern und endlich den wahren Sachverhalt darzustellen. Damit würde ich nicht nur mir, sondern auch anderen Kindern helfen. Sie riet mir aber auch zu größter Vorsicht. Ich müsse mich gut vorbereiten, müsse Vertrauen zu den Journalisten haben können und bräuchte jemanden, der mich moralisch unterstützte. Falls ich mich entschließen sollte, das Angebot anzunehmen, könne ich auf jeden Fall mit ihr rechnen.

Meine Musiklehrerin von damals, die mit ihrer Anzeige den Stein ins Rollen gebracht hatte, fragte ich ebenfalls um Rat. Sie ermutigte mich und erlaubte mir auch, über ihre Rolle in der ganzen Angelegenheit zu sprechen.

Ich möchte an der Stelle erwähnen, daß meine Lehrer, das Aufsichtspersonal und alle anderen Pädagogen an meiner Schule mir mit Rat und Tat zur Seite gestanden und mich in jeder Beziehung unterstützt haben, wofür ich ihnen danken möchte.

Ich beriet mich danach mit einer Freundin und auch noch mit anderen Menschen. Und ich diskutierte ein weiteres Mal ausführlich mit meiner Mutter. Sie war nicht unbedingt dagegen, aber sie fürchtete, es könnte noch mehr Porzellan zerschlagen werden, und wollte mich vor einer weiteren schweren Enttäuschung bewahren.

Die Leute hätten mir schon genug angetan, meinte sie. Ich erklärte ihr meinen Standpunkt. Mama konnte mich verstehen.

»Die Entscheidung liegt bei dir«, sagte sie. »Wenn du zusagst, kannst du auf mich zählen, das weißt du.« Falls ich die Sendung machen wolle, müsse ich aber Sicherheiten verlangen, riet sie mir. »Was für Sicherheiten?« »Du mußt die Möglichkeit haben, selbst im letzten Moment noch abzusagen. Für den Fall, daß dir plötzlich die Kraft oder die Lust fehlt. Sogar wenn sämtliche Vorbereitungen getroffen sind, sogar am Tag der Aufzeichnung mußt du noch absagen können. Vielleicht hast du kein Vertrauen zum Moderator, oder er ist dir unsympathisch. Dann mußt du die Möglichkeit haben, alles abzublasen. Erinnerst du dich noch an deine Schwierigkeiten mit den Psychiatern? Daß du überhaupt nicht mit ihnen reden konntest?«

Die Entscheidung hing von Pascale Breugnot ab, der Chefin des Magazins bei dem Sender TF1. Eine große, rothaarige Frau, die mir sehr imponiert hat. Sie hat Erfahrung im Umgang mit Menschen, und sie kann zuhören. Als wir ihr unser Anliegen vortrugen, antwortete sie, ohne zu zögern:

»Einverstanden. Die Entscheidung bleibt Ihnen überlassen. Es ist schließlich Ihre Geschichte, Ihr Leben.«

Mama verlangte angesichts meines Alters noch andere Garantien. Sie wollte sichergehen, daß ich von Leuten befragt wurde, die sich in meine Lage versetzen und die mein Problem auch wirklich verstehen konnten. »Sexueller Mißbrauch ist ein heikles Thema, und Nelly ist sehr empfindsam.«

Mamas Bedenken erwiesen sich als unbegründet. Ich hatte Vertrauen zu den Fernsehleuten. Sie gaben mir ein Gefühl der Geborgenheit. Alain, Renaud und Tony befragten und filmten mich mehrere Stunden, erst in der Kanzlei von Mamas Anwältin, dann bei uns zu Hause. Sie gingen sehr behutsam und taktvoll vor. Zum Pariser Team – Patricia, Marion und Vincent, die telefonisch noch das ein oder andere mit mir abklärten, um die Interviews zu vervollständigen – hatte ich ebenfalls einen guten Kontakt. Wir freundeten uns rasch an, und ich hatte bald das Gefühl, sozusagen zur Familie zu gehören.

Der einzige, den ich noch nicht kennengelernt hatte, war Patrick Meney, der Moderator der Sendung. Ich stellte ihn mir als echten Fernsehprofi vor, aber nicht unbedingt als Mensch von Fleisch und Blut. Sein Team beruhigte mich jedoch, was das anging. Und als ich ihn zum erstenmal traf, stellte ich fest, daß sie nicht übertrieben hatten. Wir verstanden uns auf Anhieb.

Noch etwas sprach für Patrick Meney: Er hatte bereits mehrere Sendungen zum Thema sexueller Mißbrauch von Kindern gemacht und auch ein Buch darüber geschrieben, das Mama gelesen hat. Er war also bestens vertraut mit der Problematik, und meine Geschichte hat ihn sehr bewegt. Wir führten lange Gespräche. Er war der erste Erwachsene, mit dem ich so offen reden konnte. Ich fühlte mich verstanden und hatte volles Vertrauen zu ihm. Sonst wäre ich nie in dieser Sendung aufgetreten. Meine Entscheidung stand fest. »Ich werde es machen. Ich werde vor die Kamera treten und sagen, was ich zu sagen habe. Ganz Frankreich soll es hören. Niemand wird mehr die Ohren vor der unangenehmen Wahrheit verschließen können.«

Nie zuvor hatte ein so junges Mädchen im französischen Fernsehen über den sexuellen Mißbrauch von Kindern gesprochen. Die Sendung würde daher nicht nur für mich, sondern auch für die Fernsehleute nicht leicht sein. Aber ich sagte mir: Das ist meine Chance, eine Riesenchance. Endlich kann ich die Dinge richtigstellen, endlich wird die Wahrheit ans Licht kommen!

Freilich waren nicht alle Zuschauer mit meinem Fall vertraut. Dennoch faßte ich die Gelegenheit als einen einmaligen, einen unerhörten Glücksfall auf. Die Gelegenheit, den Menschen in Papas Heimatdorf (von denen nicht alle, aber viele sich mir gegenüber so gemein benommen hatten), den Leuten, die der Gerichtsverhandlung beigewohnt oder in den Zeitungen über meinen Fall gelesen hatten, all jenen, die mir unrecht getan hatten, die Wahrheit ins Gesicht zu sagen. Damit ich eines Tages wieder ein normales Leben führen konnte.

Die Sendereihe beruhte auf einem denkbar einfachen Prinzip: In jeder Folge wurde über einen Fall diskutiert, bei dem jemand zu Unrecht aus der Gemeinschaft ausgeschlossen wurde, wobei die Gründe jedesmal andere waren: irgendwelche Gerüchte, Rassismus, Homosexualität. Es ging darum, diese Gründe näher zu beleuchten und Verständnis für den Ausgestoßenen zu wecken.

Die letzte Folge hatte unter dem Thema Justizirrtum die

Affäre Mis und Thiennot behandelt. Raymond Mis und Gabriel Thiennot waren des Mordes an einem Jagdaufseher für schuldig befunden und zu Freiheitsstrafen verurteilt worden. Das war 1946, glaube ich, und seitdem haben die beiden Männer immer wieder ihre Unschuld beteuert. Das Geständnis sei mit der Folter erpreßt worden, behaupteten sie. »Mea culpa« griff den Fall auf und lud nicht nur Mis und Thiennot ins Studio ein, sondern auch den Polizeibeamten, der ihre Aussagen zu Protokoll genommen hatte, sowie jene, die sich damals für die Angeklagten eingesetzt hatten, und den Bürgermeister und einige andere Einwohner des Dorfs, wo sich der Fall zugetragen hatte.

Gleich zu Beginn der Sendung wollte Patrick Meney wissen: »Sie kämpfen seit siebenundvierzig Jahren um Ihr Recht, Ihre Rehabilitierung. Warum? Sie sind frei und könnten die ganze Sache doch vergessen. Warum beteuern Sie weiterhin Ihre Unschuld? Ist das so wichtig für Sie?«

»Aber Monsieur«, antworteten beide wie aus einem Munde, »es geht um unsere Ehre! Was kann es Wichtigeres geben? Wir werden kämpfen, solange wir leben. Wir sind unschuldig!«

Ich hatte großes Verständnis dafür, auch wenn man meinen Fall nicht mit ihrem vergleichen konnte. Aber auch ich wollte kämpfen, bis meine Ehre, mein guter Ruf wiederhergestellt wären. Auch ich hatte gelitten, auch auf mich zeigten die Leute mit dem Finger, als sei ich nicht Opfer, sondern Täter. Diese Verdrehung der Tatsachen war Thema der Sendung. Da die Gerüchte und Verleumdungen in Suze-la-Rousse, dem Dorf meiner Großeltern, in die Welt gesetzt worden waren, jenem Dorf, wo ich als Kind gewohnt, wo Papa die drei Jahre bis zu seinem Prozeß gelebt, wo sich unser ganzes Leben abgespielt hatte, hatte ich darum gebeten, Leute aus dem Ort ins Studio einzuladen. Jene, die in mir die Schuldige sahen.

Das Team von »Mea culpa« recherchierte vor Ort: ob tatsächlich solche Gerüchte in Umlauf waren, wie viele Personen so dachten, ob die Leute wirklich mir die Schuld an den Vorfällen gaben und ob sie auch bereit wären, sich im Fernsehen dazu zu äußern. Manche sind nämlich zu feige, einem offen ins Gesicht zu sagen, was sie denken. Die Journalisten sprachen mit Großmutter Mireille, mit meiner Tante und mit dem Anwalt meines Vaters. Sie unterhielten sich auch mit dem Bürgermeister, dem Pfarrer und vielen anderen Einwohnern. Einige griffen mich derart massiv an, daß die Reporter nur staunen konnten. Mein Vater war eben ein Einheimischer, ein Sohn des Ortes, daher stellten sich viele auf seine Seite.

Ich solle mich auf etwas gefaßt machen, warnten mich die Fernsehleute. Falls ich Angst hätte, gewisse Dinge zu hören, mich gewissen Leuten gegenüberzusehen, könne man das Ganze noch stoppen. Ich sagte nein.

Wir hatten Februar. Als Sendetermin war der Mai vorgesehen. Das würden harte drei Monate werden. Aber ich blieb bei meinem Entschluß. Für mich hing zuviel davon ab. Ich hatte nichts zu verheimlichen und nichts zu verlieren. Im Gegenteil, ich konnte nur gewinnen. Das war die Gelegenheit, reinen Tisch zu machen, den ganzen Ballast abzuwerfen. Gab es eine bessere Therapie?

Der große Tag war gekommen. Wir fuhren alle miteinander nach Paris. Ein Junge aus meiner Schule war auch dabei. Im Studio wartete bereits Odile Ducret auf uns. Wir aßen gemeinsam zu Mittag. Ich war ein bißchen nervös, aber sonst ging es mir gut. Die Leute vom Fernsehen waren unheimlich nett zu mir. Zum Schluß wurde ich noch geschminkt, und dann ging's ab ins Studio.

Ich war sehr jung, ich würde über intime Dinge sprechen und wollte versuchen, zum erstenmal die ganze Wahrheit zu sagen. Aus diesem Grund würde die Sendung mit einem Zwiegespräch zwischen dem Moderator und mir beginnen. Wir saßen einander gegenüber. Es war ganz still im Atelier. Alle hörten uns zu. Patrick stellte präzise, sachliche Fragen. Er verstand mich, er respektierte meinen Schmerz. Nach und nach erzählte ich die ganze Geschichte, von Anfang an: wie es überhaupt so weit hatte kommen können, daß ich von meinem Vater zum Geschlechtsverkehr gezwungen worden war. Über die Vergewaltigung selbst sprach ich nicht, das hatte ich vorher mit Patrick abgesprochen. Ich konnte einfach nicht. Alles andere schilderte ich genauso, wie es gewesen war. Ich erzählte von unserem bescheidenen Häuschen, das ich so sehr liebte, von meinem Vater, der wie ein Gott für mich gewesen war, vom Unfall meiner Mutter, von meiner Rolle als »kleine Hausfrau«, von den Eifersuchtsanfällen meines Vaters, von dem Keil, den er mit voller Absicht zwischen meine Mutter und mich getrieben hatte. »Er redete mir ein, meine Mutter hätte mich nicht mehr lieb.«

»Wie erklären Sie sich das Verhalten Ihres Vaters?« Erklären? Erklären konnte ich es nicht. »Mit zwölf stellt man sich keine Fragen«, antwortete ich. »Man nimmt die Dinge als gegeben hin und hält sie für ganz normal. Es gibt ja keine Bücher, in denen man nachschlagen, nichts, was man zum Vergleich heranziehen könnte. Außerdem wollte ich auf keinen Fall die Liebe meines Vaters verlieren. Er bedeutete mir mehr als alles auf der Welt.«

Die Kamera war auf mein Gesicht gerichtet. Ich war bis ins Innerste aufgewühlt. Es tat unbeschreiblich weh, über diese

Dinge zu sprechen, aber ich schaffte es. Zum erstenmal brachte ich über die Lippen, was ich noch niemandem, nicht einmal Mama, anvertraut hatte. Ich spürte, wie der Knoten in meinem Bauch sich allmählich löste. Patrick hörte mir zu, schenkte mir seine ganze Aufmerksamkeit, ging auf mich ein. Ich hatte befürchtet, daß ich vielleicht irgendwann anfangen würde zu weinen, aber ich blieb stark. Patrick war sichtlich bewegt. Behutsam fragte er weiter, und jede Frage brachte uns ein Stück voran.

»War Ihre Mutter zu Hause, während Sie von Ihrem Vater mißbraucht wurden?« »Ja, aber sie befand sich in Behandlung, sie mußte Medikamente einnehmen und schlief praktisch die ganze Zeit.«

Ich berichtete, wie ich abends in aller Eile meine Schularbeiten gemacht und mich dann schleunigst in mein Zimmer geflüchtet hatte, um Papa zu entkommen. Wie er mir nachgestellt und mich bedrängt hatte.

»Ich war machtlos. Wie hätte ich mich gegen ihn zur Wehr setzen sollen? Ich konnte nichts dagegen tun. Am einen Tag war ich noch ein kleines Kind und am nächsten eine junge Frau. Mir blieb keine Zeit, meine Kindheit zu genießen. Mir blieb keine Zeit, die Veränderungen an meinem Körper zu beobachten, den Vorgang des Heranwachsens bewußt wahrzunehmen.«

Ich sagte die Dinge so, wie ich sie empfand. Ich wußte, daß Tausende vor dem Bildschirm sitzen und mich sehen würden, aber das machte mir keine angst. Im Gegenteil, an sie wandte ich mich ja, sie sollten wissen, was geschehen war und wie sehr ich darunter gelitten hatte. Sie würden mir zuhören, und, da war ich mir sicher, sie würden mir glauben, genauso wie Patrick und die Zuschauer hier im Studio. Das Gesicht einer Fünfzehnjährigen im Fernsehen lügt nicht. Und da ich wußte, sie hörten mir zu und respektierten mich, sprach ich ganz offen: zum Beispiel über meine anfänglichen Bedenken, meinen Vater zu verklagen und möglicherweise ins Gefängnis zu bringen. Oder über all die Dinge, die ich aufgrund dessen, was er mir angetan hatte, nie würde erleben können. Ich erklärte auch, daß er nie Gewalt gegen mich angewendet, mich nie geschlagen habe, aber: »Es sind die seelischen Prügel, die Spuren hinterlassen haben.« Und ich bekannte: »Über vieles, die Vergewaltigung an sich zum Beispiel, kann ich bis heute noch nicht sprechen.«

Ich beschrieb die kleine Nelly, wie sie auf Bäume geklettert war und mit ihren Puppen gespielt hatte. Ich erzählte von Papas Heiratsplänen mit seiner Tochter, von meiner Musiklehrerin, die Verdacht schöpfte, weil ich mich so verändert hatte, nicht mehr singen wollte, nur noch weinte. Ich schilderte den Abend, an dem die Gendarmen vor unserer Tür standen und ich meinen Vater noch verteidigte. Dann die Zeit im Heim: »Mir war es völlig unbegreiflich, daß man mich im Heim unterbrachte, während mein Vater als freier Mann draußen herumspazierte.« Meine Selbstmordversuche: »Ich hatte wirklich den Wunsch zu sterben.«

Ich äußerte mich auch zu den Folgen: die zerbrochene Familie, mein gestörtes Verhältnis zu Jungs ... Dann lächelte ich. »Heute bin ich der Meinung, es ist sinnvoller zu kämpfen, anstatt sich das Leben zu nehmen.«

Danach kam ich auf die Gerüchte zu sprechen, die über mich verbreitet wurden: »Ich sei schuld an der ganzen Sache, hieß es plötzlich. Das Gerücht kam auf und machte die Runde.

Das ist auch der Grund, weshalb ich heute hier bin: weil ich zeigen möchte, daß das einfach nicht wahr ist.« Ich redete ungefähr zwanzig Minuten, frei von der Leber weg. Ich staunte über mich selbst.

Anschließend wurde die Reportage eingespielt. »Wir haben zahlreiche Einwohner des Dorfes befragt«, erklärte der Moderator, »und viele sind der Ansicht, Nelly hätte schweigen sollen. Sie suchen die Schuld bei ihr und nicht bei ihrem Vater. Hören Sie selbst, wie sich einige der Befragten zu dem Fall äußern.«

Die Leute gingen ziemlich hart mit mir ins Gericht. »Die Kleine hat ihren Vater doch provoziert, also trifft sie auch eine Mitschuld ... Sich vom eigenen Vater bumsen zu lassen! Die Kleine sollte man einsperren, nicht ihn! ...« Ich sah sie mir an, diese Leute, die nicht aufhörten, gegen mich zu hetzen.

Dann gesellte sich meine Mutter zu uns. Sie hatte Tränen in den Augen. Patrick fragte: »Ist es möglich, daß ein Vater seine Tochter vergewaltigt, ohne daß die Mutter etwas davon merkt?« »Ja, das ist möglich«, antwortete Mama. »Es gibt Mütter, die Bescheid wissen, aber aus Angst, alles zu verlieren, nichts unternehmen. Und man verliert wirklich alles. Seinen guten Ruf. Seine soziale Stellung. Ich zum Beispiel habe auch meinen Arbeitsplatz verloren. Und die heitere Atmosphäre einer weitgehend intakten Familie. Plötzlich steht man ohne Arbeit, ohne Geld, ohne Freunde da ... Aber wenn ich gewußt hätte, was mein Mann mit Nelly gemacht hat, ich glaube, ich hätte ihm eine Kugel in den Kopf gejagt. Das ist etwas so Abscheuliches ... Aber ich erfuhr eben erst von der Polizei, was los war. Das hat mir einen solchen Schock versetzt, daß ich dachte, jetzt ist alles aus.«

Später erklärte sie: »Daß ich meinen Mann nicht sofort angezeigt habe, ist ein schwerer Fehler gewesen. Ich kann nur jeder Mutter raten, nicht den gleichen zu machen. Sonst müssen Sie erleben, wie Ihr Mann Ihre Tochter umbringt, ganz langsam, wie eine heimtückische Krankheit, wie ein Krebsgeschwür. Zögern Sie nicht, stellen Sie einen Strafantrag. So oder so, man verliert ohnehin alles ...«

Mama erklärte auch meine Reaktionen und mein Schweigen, meine Unfähigkeit, mich damals, als es geschah, jemandem anzuvertrauen.

Daß wir den Mut aufbrachten, in aller Öffentlichkeit über alle diese Dinge zu reden, hat uns rehabilitiert und uns Gerechtigkeit widerfahren lassen.

Patrick Meney wandte sich an mich: »Ihre Geschichte, Nelly, hat gezeigt, wie wichtig es ist, darüber zu reden, auch und gerade mit den Menschen in Ihrer unmittelbaren Umgebung, wo Sie auf Unverständnis und Ablehnung stoßen. Wir haben deshalb Ihrem Wunsch entsprochen und all jene zu uns eingeladen, die Ihnen feindselig begegnen, damit sie uns ihre Haltung erklären können.«

Wer an der Sendung teilnehmen würde, war vorher abgesprochen worden, so daß es für beide Seiten keine Überraschungen gab. Meine Großmutter, meine Tante, Nachbarn und Bekannte von Papa betraten die Studiobühne. Immerhin hatten sie den Mut gehabt zu kommen. Der Bürgermeister war auch eingeladen worden, erschien aber nicht. Wahrscheinlich war ihm das Thema zu heikel für eine Fernsehdiskussion.

Als erste ergriff meine Großmutter das Wort. Wir hatten uns lange nicht gesehen. Sie freue sich, mich wiederzusehen, sagte sie, und ich sei ein sehr hübsches Mädchen geworden. Dann fuhr sie fort: »Ich verstehe nicht, warum Nelly sich uns nicht anvertraut hat. Ich weiß, ihrer Mutter ging es damals nicht besonders gut, sie litt an einer nervösen Erschöpfung, aber sie hätte doch zu mir oder zu ihrem Großvater kommen können.

Sie hätte sagen können: Hört mal, ich brauche euren Rat, Papa macht das und das mit mir, ist das normal? Sie besuchte uns jedes Wochenende, wir freuten uns immer, wenn sie kam, sie fühlte sich wohl bei uns. Ich kann nicht verstehen, warum sie nie ein Wort gesagt hat, warum sie das alles so lange mitgemacht hat.«

Ich hätte niemals mit ihr über diese Dinge sprechen können, antwortete ich. Daraufhin wollte sie wissen, warum nicht. (Wir hatten mittlerweile ganz vergessen, daß wir in einem Fernsehstudio vor laufenden Kameras saßen.) »Wenn ich etwas gesagt hätte, hättest du Papa in Schutz genommen und dafür gesorgt, daß die Angelegenheit vertuscht wird«, erklärte ich ihr. »Du hättest verhindert, daß ich ihn anzeige. Und wie wäre es dann weitergegangen, was glaubst du?«

Papa sei nun einmal ihr Sohn, erwiderte Mireille, und das bleibe er auch, selbst wenn er eine Riesendummheit gemacht habe. Sie werde immer für ihn Partei ergreifen. Man hätte die Angelegenheit doch innerhalb der Familie regeln können. »Er hätte schon bekommen, was er verdient hat ... eins aufs Maul, und zwar kräftig. Aber du hättest zu uns kommen müssen, Nelly! Wenn nicht zu mir, dann zu deinem Großvater oder zu deiner Tante. Ihr habt euch doch immer so gut verstanden. Daß du kein Wort gesagt hast, das begreife ich einfach nicht.«

»Glauben Sie nicht, daß eine Zwölfjährige sich schämen könnte, über solche Dinge zu reden?« fragte Patrick. Großmutter sah ihn erstaunt an. »Sich schämen? Weswegen denn? Niemand, der sich aus einer mißlichen Lage befreien will, braucht sich für irgend etwas zu schämen. Nein, nein, sie hat nichts gesagt, weil sie damit einverstanden war.« Und an die anderen gewandt, fügte sie noch einmal bekräftigend hinzu: »Meiner Meinung nach hat sie geschwiegen, weil sie damit einverstanden war.«

Patrick fragte nach: »Trauen Sie einer Zwölfjährigen das tatsächlich zu?«

Die Antwort meiner Großmutter: »Nelly war ein aufgewecktes Mädchen und sehr reif für ihr Alter. Vielleicht wollte sie die Rolle ihrer Mutter übernehmen. Vielleicht war sie sich über die Konsequenzen nicht im klaren. Ich behaupte ja nicht, daß es ihre Schuld war.«

Dann sprach sie über meinen Vater: »Als er nach den vier Tagen in Untersuchungshaft zu mir kam, benahm er sich wie ein Fünfjähriger. Er spielte mit einem Teddybären oder mit Spielzeugautos. Ihn in diesem Zustand zu sehen tat mir in der Seele weh. Er war nicht ganz richtig im Kopf. Er hätte dir das niemals angetan, wenn er bei klarem Verstand gewesen wäre. Du hättest zu uns kommen müssen, Nelly.«

Meine Tante sagte in etwa das gleiche, wenn auch mit weniger harten Worten. Danach äußerten sich die anderen Gäste. Dann wurde ein kurzer Filmbericht eingespielt. Er zeigte Dorfbewohner, die aussagten, mein Vater sei niemals zu so einer Tat fähig. »Was wissen diese Leute denn schon über uns, über unser Familienleben?« warf ich ein. »Sie sehen nur die Fassade, sonst nichts.«

Unter den Zuschauern befand sich auch ein Hobbypädagoge namens Laurent. Er war sechsundzwanzig und wohnte ebenfalls im Dorf meiner Großeltern. »Also ich halte diese ganze Geschichte für ziemlich unwahrscheinlich«, sagte er. »Könnte es nicht sein, daß alles ganz harmlos angefangen hat, mit kleinen Spielchen, wie sie für Zwölf-, Dreizehnjährige durchaus normal sind? In dem Alter versucht man herauszufinden, wer man ist, man versucht seine Grenzen auszuloten, hat außerdem jede Menge Probleme mit den Eltern, und man spielt kleine Spielchen mit den Erwachsenen. Vielleicht ist das Ganze dann einfach ausgeartet. Ich würde weder dem Mädchen noch dem Vater die alleinige Schuld geben wollen, schließlich sind auch noch andere Personen beteiligt gewesen.«

Er wandte sich an meine Mutter: Könne es nicht sein, daß sie sich von ihrem Mann habe scheiden lassen wollen und ihr die ganze Sache daher sehr gelegen kam? Mama fragte ihn, ob er den Verstand verloren hätte.

»Sind Sie der Ansicht, man müsse Verständnis zeigen für das, was Nellys Vater getan hat?« wollte Patrick Meney von Laurent wissen. »Ich denke, in einer stark depressiven Phase könnte jeder in diese Situation kommen. Sicher ist das eine schlimme Sache, aber ausschließen möchte ich nicht, daß so etwas passieren kann. Man kann sich nicht hundertprozentig davor schützen, meine ich. Man hat einen schlechten Tag, wird vielleicht provoziert … Niemand ist vor solchen Dingen wirklich sicher.« »Sie sind sich der Schwere des Vergehens bewußt?« »Allerdings, dennoch halte ich es für denkbar.«

Auch von den Nachbarn sagten die meisten zugunsten meines Vaters aus. Ein junger Vater meinte: »Sie hätte doch sagen können: Hör mal, Papa, ich bin deine Tochter, das geht nicht, was du da machst. Reiß dich gefälligst zusammen. Ich bin deine Tochter, respektier das bitte. Damit wäre der Fall erledigt gewesen. Aber sie hat geschwiegen. Also war sie damit einverstanden.«

»Hast du vorhin nicht zugehört oder was?« schrie ich ihn an. »Ich war zwölf Jahre alt!«

»Ja, sicher, aber mit zwölf hat man doch schon ein bißchen Verstand, oder?«

»Mein Vater ist einsfünfundachtzig groß. Ich war klein und zierlich. Mein Vater ist kräftig, der reinste Kleiderschrank. Hätte ich da vielleicht keine Angst haben sollen?«

Nein, seiner Meinung nach nicht: »Ich kenne deinen Vater sehr gut. Wir haben viele Jahre nebeneinander gewohnt. Der kann doch keiner Fliege was zuleide tun.« Seine Frau ergriff das Wort. Auch sie glaubte nicht an diese Geschichte. »Wenn ich den Mann nicht kennen würde, ja, dann hätte ich es sofort geglaubt, aber dein Papa? Niemals!«

Die Atmosphäre war spannungsgeladen, explosiv. Aber immerhin war alles gesagt worden, was zu sagen war. Jeder hatte den Mut besessen, sich zu seiner Meinung zu bekennen. Unsere Streitgespräche sollten dem Zuschauer verdeutlichen, wie unterschiedlich die Reaktionen auf das Thema Kindesmißbrauch waren. Michel Roubaud, der Anwalt meines Vaters, erinnerte in seinem ausgezeichneten Beitrag daran, daß mein Vater die Tat gestanden habe und die Vergewaltigung daher nicht zu leugnen sei. Und er fügte hinzu, mein Vater habe das Gerichtsurteil angenommen: »Die Strafe, die ihm auferlegt wurde, muß auch dazu dienen, Nellys Würde wiederherzustellen, und zwar im Hinblick auf all jene, die der Ansicht sind, ihr Vater sei zu solch einem Vergehen nicht fähig.«

Dann gab Michel Roubaud etwas bekannt, das tiefes, betroffenes Schweigen auslöste. Mein Vater war als Fünfjähriger selbst mißbraucht worden. Von einem Mitglied der Familie. Auch er hatte damals geschwiegen, hatte nicht den Mut gehabt, sich seiner Mutter anzuvertrauen. Wie Kinder, die geschlagen werden, später ihre eigenen Kinder verprügeln, so hatte mein Vater, der mit fünf Jahren vergewaltigt worden war, mich vergewaltigt, als ich zwölf war. Ein Teufelskreis, eine infernalische Kette von Verbrechen.

Papa hatte erst sein eigenes Leben und dann meins verpfuscht, weil er als Kind mißbraucht worden und nie darüber hinweggekommen war. Statt alles aus sich herauszubefördern, sich davon zu befreien, hatte er es tief in seinem Inneren vergraben.

»Begreifst du jetzt, wie wichtig es ist, den Mund aufzumachen?« wandte sich meine Mutter an Großmutter Mireille. »Nur wenn darüber geredet wird, kann der Kreis durchbrochen werden.« Nach einer Weile antwortete Großmutter leise: »Ja, jetzt ist mir das klar.«

Dann kamen zwei Experten zu Wort. Beide waren als Therapeuten im Pariser Zentrum für Familienberatung in Buttes-Chaumont tätig. Martine Fadier-Nisse sagte: »Wir werden in unserer Praxis häufig mit Fällen wie diesem hier konfrontiert. Zuweilen reicht die Kette von Sexualdelikten an Kindern innerhalb der Familie über mehrere Generationen, sie geht sozusagen von einer Generation zur nächsten über. Keiner dieser Fälle wurde therapeutisch behandelt. Das Kind, das Opfer des Mißbrauchs wurde, ist nicht als solches anerkannt worden. Man hat ihm den Status des Vergewaltigungsopfers verweigert. Das Besondere, das Neue im Fall von Nellys Familie ist, daß Nelly den Mut hatte, öffentlich über ihre leidvollen Erfahrungen zu sprechen.«

Die zweite Therapeutin, Frédérique Gruyer, fügte hinzu: »Die erste Frage in so einem Fall muß lauten: Ist Strafantrag gestellt worden? Denn bei Kindesmißbrauch, um es noch einmal deutlich zu sagen, handelt es sich um ein Verbrechen. Familiäre Verhältnisse, wie Nelly sie beschrieben hat, nennen wir familiäre Diktatur. Mutter und Vater sind depressiv. Also nimmt Nelly anstelle der Erwachsenen die

Dinge selbst in die Hand, und die Erwachsenen vergessen, daß sie noch ein Kind ist. Sie sehen in ihr einen anderen Erwachsenen.«

Und weil viele in mir eine Erwachsene sahen, suchten sie in gutem Glauben die Verantwortung bei mir und gaben mir die Schuld an den Vorfällen. In ihren Augen war ich eine Frau, kein kleines Mädchen mehr, während mein Vater, der Sohn des Ortes, für sie das Kind war, der empfindsame kleine Junge, dem man fast alles nachsieht.

Nun kam Laure zu Wort, ein junges Mädchen, das ebenfalls vom Vater vergewaltigt worden war. Ihre Geschichte glich meiner. Sie war der Liebling ihres Vaters, und sie liebte ihn abgöttisch. Auch sie hatte sich gefragt: Ist das normal, was er mit mir macht? Auch sie hatte sich aus Angst und Scham niemandem anvertraut, hatte stillgehalten, wenn ihr Vater sie zum Geschlechtsverkehr zwang. Eines Tages überraschte ihre kleine Schwester sie und den Vater im Bett. So kam die ganze Sache heraus. Nachdem der Vater verhaftet worden war, begannen die Leute zu reden: Laure habe geschwiegen, weil sie damit einverstanden war.

In ihrer Stimme, in ihren Augen, in ihren Worten erkannte ich mich wieder. Ihre Geschichte bewies, daß ich die Wahrheit gesagt hatte, daß mein Fall kein Einzelfall war. Der sexuelle Mißbrauch von Kindern durch Familienangehörige läuft immer nach dem gleichen Schema ab. – Danke, Laure, daß du deine Geschichte in »Mea culpa« erzählt hast!

Zum Schluß äußerte sich die Kinderpsychiaterin Dr. Catherine Bonnet. Sie erklärte, weshalb es mir nicht möglich gewesen war, über das, was mein Vater mit mir machte, zu sprechen. »Ein Kind im Alter von zehn, zwölf, fünfzehn Jahren erwartet Zuneigung und Zärtlichkeit von seinem Vater«, sagte sie an meine Großmutter gewandt.

»Die Vorstellung, der Vater könnte den Körper seines Kindes als Sexualobjekt betrachten und gebrauchen, ist so ungeheuerlich, daß das Kind oder der Jugendliche gar nicht auf diesen Gedanken kommt. Und wenn es dann passiert, ist die Bestürzung, die Fassungslosigkeit, der Schmerz unendlich groß. So groß, daß es dem Opfer buchstäblich die Sprache verschlägt. Es ist gar nicht fähig auszudrücken, was da geschieht, was in ihm vorgeht. Das Vertrauen des Kindes zu den Erwachsenen, zu allen Erwachsenen, geht verloren. Es ist nicht mehr imstande, sich ihnen mitzuteilen. Das ist ein klinisches, ein psychologisches Symptom. Dem Kind darf man dieses Verhalten nicht zum Vorwurf machen, das wäre ein grober Fehler.«

Meine Großmutter sah die Ärztin an, diese großgewachsene, sanfte Frau, die die Vorgänge so phantastisch erklären konnte, und sagte: »Ich verstehe. Da war ein innerer Widerstand, den Nelly nicht überwinden konnte.«

Ich glaube, diese eine Stunde ist für viele aufschlußreich gewesen. Nach unseren Diskussionen müßte deutlich geworden sein, warum ich gerade so und nicht anders reagiert hatte. Und ich denke, viele wußten danach besser Bescheid über das Thema Kindesmißbrauch innerhalb der Familie. Mir war auf einmal ganz leicht zumute, und das Gefühl, schmutzig zu sein, verschwand schlagartig. Ich fühlte mich rein und unbefleckt …

Gleich am anderen Tag fuhr ich ins Dorf meiner Großeltern, dem Heimatdorf meines Vaters, das auch ich immer noch als meine Heimat betrachtete. Dort hatten meine Eltern sich kennengelernt und geheiratet. Dort bin ich getauft worden und habe die ersten Jahre meines Lebens verbracht. Später, als wir nicht mehr dort wohnten, gab es ständig irgendeinen Anlaß hinzufahren: Ich besuchte Freundinnen oder meine Großeltern oder trieb Sport.

Hier im Dorf waren auch die gemeinen Gerüchte über mich verbreitet worden. Aber nach der Fernsehsendung ging ich hocherhobenen Kopfes durch die Straßen. Ich schämte mich nicht mehr, und ich hatte keine Angst mehr. Eine alte Dame kam auf mich zu und sagte lächelnd: »Bravo, Nelly, ich habe dich im Fernsehen gesehen. Das war ganz richtig, was du da gesagt hast.«

Mehrere Millionen Zuschauer hatten die Sendung gesehen. Tausende schrieben mir ermutigende Zeilen. Die Briefe kamen von überall her. Viele stammten von Mädchen oder Frauen, die selbst von einem Verwandten mißbraucht worden waren und aus Scham geschwiegen hatten. Ich konnte nicht alle Briefe beantworten, es waren einfach zu viele. Ich bitte um Verständnis.

Manchmal kamen mir beim Lesen die Tränen. Eine junge Frau schrieb: »Du hast sehr viel Mut gezeigt, Nelly, gestern abend im Fernsehen. Im Gegensatz zu Dir habe ich bis zuletzt geschwiegen, und mein Vater ist nie vor Gericht gekommen. Ich bin jetzt dreiundzwanzig. Passiert ist es vor elf Jahren. Ich leide immer noch darunter. Du wirst sehr viel Zeit, Geduld und Kraft brauchen, um damit fertig zu werden. Halte durch, Nelly!«

Ein junger Mann suchte Rat bei mir: »Einer meiner Cousinen, die mit mir zusammen aufgewachsen ist, ist das gleiche widerfahren wie Dir, Nelly. Aber meine Eltern haben die Angelegenheit vertuscht. Mich belastet das sehr. Ich würde gern mit meiner Cousine darüber reden, sie trösten, ihr zu helfen versuchen. Ich glaube, besser als jeder andere kannst Du, Nelly, mir raten, wie ich das Problem auf behutsame Weise anpacken kann.«

Eine Frau, die inzwischen Großmutter ist, schrieb mir ihre Geschichte: »Ich habe Deine Sendung mit großer Erschütterung verfolgt. Als ich zehn Jahre alt war, ist mir das gleiche passiert wie Dir. Zum erstenmal in all den Jahren verspüre ich das Bedürfnis, darüber zu reden. Du bist die erste, der ich alles anvertrauen möchte. Ich bin von meinem Stiefvater mißbraucht worden. Es fing damit an, daß er mich auf den Mund küßte. Bald wurde ein Zungenkuß daraus. Jeden Abend wartete er, bis meine Mutter und mein Bruder schliefen, dann kam er zu mir an mein Bett. Ich war zehn Jahre alt. Ich wußte nichts über Sex, meine Mutter hatte nie mit mir über diese Dinge gesprochen. Ich wehrte mich, aber er hielt mich fest. Ich konnte nicht einmal schreien. Ich hatte Angst, er schlägt mich. Ich hätte am liebsten das ganze Haus zusammengeschrien, aber ich konnte nicht. Ich war ein kleines Mädchen und körperlich noch nicht entwickelt …«

Die Briefe und die Zeitungsartikel habe ich alle aufgehoben. Der Verein »Allô, enfance maltraitée«, eine Beratungsstelle für mißhandelte und mißbrauchte Kinder, der an der Sendung mitgewirkt hatte, bekam ebenfalls Hunderte von Zuschriften von Kindern, die sexuell mißbraucht worden waren. Viele Fernsehzuschauer schrieben auch an Tageszeitungen: »Bravo, Nelly! Man muß darüber reden! Man darf solche Dinge nicht verschweigen! Wir waren tief erschüttert.« Eine Fernsehzeitschrift, die sonst nie über gesellschaftspolitische Themen berichtete, sondern nur über Film- und Fernsehstars, widmete dem Thema sexueller Mißbrauch von Kindern gleich zwei Seiten, so groß war die Resonanz auf die Sendung unter den Lesern. Einer Jugendlichen, die mit Wissen der Mutter von ihrem Vater seit Jahren gefangengehalten worden war, gelang es sogar, eine Nachricht aus ihrem

Gefängnis zu schmuggeln. Sie hatte sich meine Sendung heimlich angeschaut. Das Jugendamt wurde verständigt und das Mädchen befreit.

Dieses Echo war einfach großartig: so viele Zuschriften, so viele positive Reaktionen, so viele Leute, die auf das Problem aufmerksam geworden waren und sich damit befaßten. Es war toll zu erleben, wie Mädchen sich endlich überwanden und sich zu Wort meldeten. Auf mich hat sich die Sendung und ihr Erfolg befreiend ausgewirkt. Ich habe mich verändert. Die traurige, verschlossene, verschämte Nelly gehört der Vergangenheit an. Ich laufe nicht mehr in geduckter Haltung, wie ein geprügeltes Kind, durch die Gegend, sondern aufrecht, mit hocherhobenem Kopf. Ich habe die Wahrheit gesagt. Ich habe endlich wieder zu leben begonnen. Und das sieht man mir an. Ich kann wieder lächeln. Ich will nicht mehr sterben. Ich glaube, solche Fernsehsendungen können wirklich etwas bewegen.

Allerdings gab es auch negative Reaktionen. Das Thema scheint viele Leute unangenehm zu berühren, vielleicht haben sie ein schlechtes Gewissen. Im Dorf reagierten manche ein wenig pikiert. »Ich bin schockiert, daß man ein solches Thema zum Gegenstand einer Fernsehsendung macht«, sagte der Bürgermeister. Damit hätte ich das ganze Dorf in Verruf gebracht, behauptete er.

Das war nicht meine Absicht. Ich liebe dieses Dorf genauso wie er. Und ich habe nicht pauschal alle Einwohner beschuldigt. Die Menschen dort sind nicht schlechter als anderswo. Wahrscheinlich hätte ich überall die gleichen Erfahrungen gemacht. Das ist in der Sendung auch zum Ausdruck gekommen. Aber da ich nun einmal in diesem Dorf zu Hause war, habe ich Wert darauf gelegt, daß die Wahrheit dort, in erster Linie dort, bekannt wurde. Ich habe geschildert, was ich dort erlebte, was ich hörte und was ich dabei empfand. Wie ein Journalist von »VSD« treffend geschrieben hatte: Das Wesentliche ist im Lauf der Sendung gesagt worden. Und an den Namen des Ortes erinnerte sich bereits kein Mensch mehr.

In der Presse überwogen die positiven Stimmen. Es gab aber auch Kritik an meinem Fernsehauftritt, und einige gingen mit den Machern der Sendung scharf ins Gericht. »Wieviel hast du für deinen Fernsehauftritt bekommen?« wollte zum Beispiel ein junger Journalist aus Paris wissen. Er war äußerst aggressiv, für meine Geschichte interessierte er sich überhaupt nicht. Ich hatte kein Geld bekommen, ich wollte doch nichts damit verdienen. Ich war kein Fernsehstar. Sinn der Sache war es gewesen, daß ich über das Unrecht, das mir zugefügt worden war, sprechen und die Dinge richtigstellen konnte. Da fragte er mich: »Willst du vielleicht zum Film?« So ein Idiot!

Eine Journalistin nannte meine Geschichte in vorwurfsvollem Ton »sinister«. Als ich sie um eine Erklärung bat, mußte sie passen. Im Wörterbuch fand ich unter dem Eintrag »sinister«: »düster, zwielichtig, unheilvoll«. Ich habe sie mir leider nicht ausgesucht, meine Geschichte. Und dabei war diese Journalistin selbst Mutter und Ehefrau! Ich wünsche ihr, daß ihr Privatleben stets von sinistren Geschichten verschont bleibt. Beruflich dürfte sie allerdings immer wieder damit konfrontiert werden …

Einige Reporter wollten mich unbedingt zu negativen Aussagen über die Fernsehsendung, über Reality-Shows im allgemeinen und über das Team von »Mea culpa« bewegen. Jenes Team, das mich in jeder Hinsicht unterstützt und mir seine ganze Aufmerksamkeit geschenkt hatte und zu dem ich heute noch, ein Jahr danach, gute Kontakte habe.

In der Tat spiegelten die kritischen Kommentare die Haltung jener Leute wider, für die ich die »kleine Schlampe« gewesen war.

Eine als intelligent geltende Zeitung veröffentlichte folgenden Artikel über mich: »Wie schafft man es, seine Jungfräulichkeit absolut wasserdicht wiederherzustellen? Richtig! Durch einen Fernsehauftritt. Das Vergewaltigungsopfer als Jungfrau von Orléans! Das muß man gesehen haben! [...] Ach, wie viele junge Mädchen werden nach dieser Sendung in TF1 davon träumen, von der Großmutter oder vom großen bösen Wolf oder von irgend jemandem sonst vergewaltigt zu werden, um wenigstens einmal im Leben im Fernsehen auftreten zu können!«

Als liefe alles, was ich durchgemacht hatte, darauf hinaus! In diesem Artikel wurde ich von neuem zur kleinen Schlampe, die sich im Fernsehen prostituiert, herabgewürdigt. Früher hätte ich über soviel Gehässigkeit geweint. Aber ich war stärker geworden. Es gab wichtigere Dinge.

Täglich erleiden Tausende von Kindern, Mädchen und Jungen, in ganz Frankreich das gleiche Schicksal wie ich. Auch ihretwegen bin ich vor die Kameras getreten. Und ich bin stolz darauf. Aber während ich wenigstens einen Teil meiner Probleme lösen konnte (meine Isolation durchbrechen, mich mitteilen, meine Scham- und Schuldgefühle bewältigen), leiden diese Kinder weiter im verborgenen. Vielleicht findet das eine oder andere den Mut, den ich damals nicht hatte: den Mut zu reden. Und ich hoffe, vielen Menschen, Müttern, Lehrern, Erziehern, aber auch Vätern, ist klargeworden, daß der sexuelle Mißbrauch von Kindern mit all seinen komplizierten, leider oft nicht erkannten Mechanismen etwas Abscheuliches und zugleich Alltägliches ist. Wenn es mir gelungen ist, das zu verdeutlichen, ist mein Martyrium wenigstens nicht ganz umsonst gewesen.

# Brief an meinen Vater im Gefängnis

Papa,
wir haben lange nichts voneinander gehört. Daß alles so gekommen ist, ist Deine Schuld. Vier Jahre sind seit den Ereignissen damals vergangen. Vor einem Jahr fand der Prozeß statt. Ich bin inzwischen sechzehn. Und Du mußt noch weitere vier Jahre im Gefängnis bleiben. Was für eine Zeitverschwendung, findest Du nicht?

Vielleicht hast Du gehofft, Mamas Leben zu zerstören, indem Du mich kaputtmachst. Aber es hat nicht geklappt, Papa. Wir sind beide noch einmal davongekommen, sie und ich. Und wir haben festgestellt, daß es auch ohne Dich geht. Wir haben die Dinge selbst in die Hand genommen. Heute führen wir unser eigenes Leben.

Wir haben eine schwere Zeit hinter uns. Du kannst Dir gar nicht vorstellen, wie schwer. Wahrscheinlich ist es für Dich im Gefängnis einfacher gewesen als für uns draußen. Aber wir haben gekämpft, alle beide, und wir haben es geschafft. Ich glaube, Du würdest mich nicht wiedererkennen. Ich bin nicht mehr das zarte kleine Mädchen, mit dem Du machen konntest, was Du wolltest. Ich bin nicht mehr die kleine Nelly, die Deine Märchen von Romeo und Julia geglaubt hat. Das unschuldige kleine Ding, das Du vergewaltigt hast. Ich bin älter geworden.

Eine »kleine Frau« hast Du mich früher genannt. Das trifft heute schon eher zu. Aber ich bin kein Objekt, kein Spielzeug mehr für Papa. Ich bin eine junge Frau, die leben will, die leben will um jeden Preis. Eines Tages werde ich heiraten. Aber nicht Dich, Papa. So eine hirnverbrannte Idee. Ich werde einen Jungen heiraten, der mich liebt. Kinder möchte ich, glaube ich, keine. Ich würde zuviel Angst haben, daß ihnen das gleiche passiert wie mir. Deshalb möchte ich lieber keine.

Ich bin nicht mehr das verstörte Ding, das ich nach meiner Entlassung aus dem Heim war. Es hat sich eine Menge geändert seitdem. Damals habe ich mich viel zu stark geschminkt, zuviel Schwarz, zuviel Rot aufgetragen. Heute brauche ich mich nicht mehr unter einer dicken Schicht Make-up zu verstecken. Ich schäme mich meiner nicht mehr. Damals wollte ich mir selber und den anderen etwas vormachen, deshalb die ganze Schminke. Ich wollte sie übertünchen, verschwinden lassen, die Nelly, die Du, mein eigener Vater, mißbraucht hattest. Ich schämte mich entsetzlich. So sehr, daß ich sterben wollte. Heute male ich mich nicht mehr an. Meine Geschichte ist mir nicht mehr peinlich. Ich kann darüber reden. Bis auf einige wenige Dinge, von denen nur wir zwei, Du und ich, wissen. Häßliche, schreckliche Dinge, die aber völlig bedeutungslos sind. Über alles andere kann ich sprechen. Mich trifft keine Schuld an der ganzen Sache. Das habe ich auch im Fernsehen gesagt. Es mußte sein. Das hat mir ungemein geholfen. Es hat mich geheilt.

Sogar mein Gesicht hat sich verändert. Ich bin nicht mehr die deprimierte, verschlossene Nelly aus der Zeit, als ich nicht den Mund aufzumachen wagte. Vielleicht hast Du mich ja im Fernsehen gesehen. Was wirst Du wohl dabei gedacht haben? Wahrscheinlich hast Du gestaunt, daß Deine Kleine plötzlich kein Blatt mehr vor den Mund nahm, während ich jahrelang geschwiegen und auch damals, als Du mir weh tatest, kein Wort hervorgebracht hatte. Du hast wirklich geglaubt, ich würde für den Rest meines Leben schweigen, nicht wahr? Irrtum, Papa. Ich bin nie deine Komplizin gewesen. Ich war nie damit einverstanden, was Du mit mir gemacht hast.

Reden war für mich die beste Therapie. Man wollte mich immer wieder zu irgendeinem Psychologen schicken, aber dickköpfig, wie ich bin, habe ich mich strikt geweigert, mich einem Arzt anzuvertrauen. Das war vermutlich falsch. Wer sexuell mißbraucht worden ist, sollte unbedingt ärztliche Hilfe in Anspruch nehmen. Ohne Therapeuten schafft man es nicht. Aber ich konnte mich nicht mit dem Gedanken anfreunden, mit einem Unbekannten über meine Probleme zu sprechen. Der sitzt ja doch nur da, weil er dafür bezahlt wird; im Grunde interessiert ihn meine Geschichte überhaupt nicht, dachte ich. Das war natürlich idiotisch. Aber dann ging es auch ohne Psychologen. Als ich im Fernsehen darüber sprach, hat mir das unheimlich gut getan. Es wirkte richtig befreiend. Und es hat mir sehr geholfen.

Du hast bestimmt mächtig gestaunt, ich meine, nachdem ich mich in der Verhandlung doch so unbeholfen angestellt hatte und stumm wie ein Fisch im Wasser war. Im Fernsehen, vor Tausenden von Zuschauern, ging es dann plötzlich. Ich konnte reden, und ich habe erzählt, wie es wirklich war. Du bist mir sicher böse deswegen. Aber ich weiß, daß ich das Richtige getan habe. Ich bereue es nicht. Mit meiner Aussage habe ich etlichen Mädchen, etlichen kleinen Nellys, geholfen. Ich hoffe, Dir hat die Sendung einen Denkanstoß gegeben. Vielleicht siehst Du die Dinge heute anders, nämlich vom Standpunkt des Kindes aus.

Ich weiß nicht, wie ich Dir das sagen soll. Deine Heiratspläne, weißt du … Noch kurz bevor Du von der Polizei abgeholt worden bist, hast Du wieder vom Heiraten gesprochen. Du wolltest mich überreden, mit Dir ins Ausland zu fliehen, damit wir heiraten könnten. Erinnerst Du Dich? Ich war zwölf damals. Ich habe mich nicht getraut, Dir zu widersprechen. Aber weißt Du was? Ich bin froh, daß nichts daraus wurde. Das war doch wirklich Schwachsinn, auch wenn ich ein ganz klein wenig daran geglaubt habe – wie ein Kind eben an solche Märchen glaubt.

Ich habe gelernt, mit einem Jungen auszugehen, Spaß zu haben, mich auf ihn einzulassen, ohne gemein oder aggressiv zu werden. Ich kann endlich einen Freund haben, einen gleichaltrigen, zum Händchenhalten, Schmusen, zu harmlosen Dingen eben. Ich kann mich endlich verlieben, ohne Angst vor Dir haben zu müssen. Weißt Du noch, wie ich das erste Mal mit einem Jungen ausgegangen bin? Du hast mich angeschrien, hast gebrüllt, dazu hätte ich kein Recht. Du warst eifersüchtig.

Wenn ich heute nach Hause komme, ist niemand mehr da, der an meinen Haaren und an meinen Fingern und an meinem Atem riecht, um festzustellen, ob ich mit einem Jungen zusammen war oder nicht.

Seit einiger Zeit bin ich ausgeglichener. Ich lächle, ich kann lustig sein. Ich mache alles, was ein junges Mädchen eben so macht, und das ist herrlich, das ist rein und unverdorben. Ich brauche nicht länger wie eine »kleine Frau« zu leben.

Das hört sich alles unheimlich lässig und erwachsen an, aber ich kann Dir sagen, ich habe eine fürchterliche Wut auf Dich. Es sind Dinge passiert, die einfach unverzeihlich sind. Und es ist zuviel zu Bruch gegangen. Du hast mir meine Kindheit und meine Jugend kaputtgemacht. Für mich hat es kein »erstes Mal« gegeben, keinen »ersten Jungen«. Und dabei ist das so wichtig. Und das ist nicht alles, Du hast mir noch eine Menge andere Dinge genommen. Aber ich mag nicht darüber reden. Wozu auch.

Deinetwegen hat man uns Leila weggenommen. Du weißt, wie sehr wir sie liebten. Wir haben auch unser Häuschen, unser geliebtes Häuschen verloren. Wir haben alles verloren. Durch Deine Schuld. Kein Mensch kann sich vorstellen, was für katastrophale Folgen der sexuelle Mißbrauch eines Kindes hat. In jeder Hinsicht. Nicht nur für das kleine Opfer, sondern für alle Beteiligten …

Mama und ich haben viel miteinander geredet seit damals. Wir haben das Versäumte nachgeholt. Heute stehen wir uns sehr nahe. Wir haben uns sehr lieb. Sie verwöhnt uns drei nach Strich und Faden. Wir machen Ausflüge, gehen ins Kino oder zu McDonald's. Wir haben eine Menge Spaß zusammen. Für ein junges Mädchen ist es wichtig, eine Mutter zu haben. Das hast Du nie verstanden. Dabei hast Du selber doch so ein gutes Verhältnis zu Deiner Mutter gehabt. Und mir hast Du solche Lügen über Mama erzählt. Warum nur? Das begreife ich einfach nicht. Wie kann ein Vater auf so eine Idee kommen? Uns gegeneinander aufzuhetzen – wie konntest Du das nur tun? Wie konntest Du uns miteinander verwechseln: Nelly – die kleine Frau, Nelly – Mama?

Bestimmt hat das, was Dir als Kind widerfahren ist, eine Rolle gespielt. Jemand aus Deiner Familie hat Dich vergewaltigt, und Du hast Dich nicht getraut, darüber zu reden. Als Großmutter Mireille schließlich von der Sache erfuhr, hat sie sie unter den Teppich gekehrt. Du mußt genauso gelitten haben wie ich, und das Erlebnis hat Dich geprägt. Armer kleiner mißbrauchter Junge! Hättest Du damals doch den Mund aufgemacht … Hast Du mich deswegen vergewaltigt? Ist das der Grund? Dann ist es gut, daß wir den Teufelskreis durchbrochen haben. Sonst wäre das vielleicht noch jahrelang so weitergegangen. Und eine neue Generation hätte darunter zu leiden gehabt. Eine unendliche Geschichte. Eine Art Erbe, das vom Vater an die Tochter oder – warum nicht – an den Sohn weitergegeben worden wäre. Wie ein Fluch hätte das Geheimnis auf unserer Familie gelastet. Es war gut, daß ich geredet habe. Und es tut mir leid, was damals mit Dir passiert ist.

In der Schule geht es wieder aufwärts. Das Lernen macht mir endlich wieder Spaß. Ich habe lange Zeit überhaupt nicht mitgearbeitet und daher drei Jahre verloren. Mit sechzehn bin ich noch in der Quarta. Aber das ist mir egal, ich büffle fleißig. Ich bin in einem von katholischen Schwestern geleiteten Internat in Nordfrankreich. Meine Klassenkameradinnen kennen meine Vergangenheit, aber sie hänseln mich nicht deswegen. Als ich ihnen das Manuskript dieses Buches zu lesen gab, haben sie geweint. Meine beste Freundin sagte zu mir: »Du hast großes Pech gehabt.« Stimmt, aber wenigstens werde ich jetzt nicht mehr als kleine Schlampe beschimpft.

Hier im Norden gibt es keine Sonne, keine Mama, keine Sandy und keinen Laury. Seit Beginn des Schuljahrs haben wir uns leider nicht oft gesehen. Manchmal packt mich das Heimweh. Aber ich wollte es ja so, das mit dem Internat war meine Idee, weil ich glaube, der Abstand tut mir gut.

Im Unterricht bin ich mit Feuereifer dabei. Ich nehme auch Schauspielunterricht. Das ist sehr wichtig für mich. Es ist wie eine Therapie. Die Schauspielerei gefällt mir, ich weiß auch nicht, warum. Ich finde es toll, in die Haut von jemand anderem zu schlüpfen. Was mir früher der Chor war, ist mir heute das Theater. Weißt Du noch, wie gern ich gesungen habe … vorher?

Du siehst, Papa, ich will etwas aus meinem Leben machen, auch wenn ich einen schlechten Start gehabt habe. Ich will es schaffen, und sei es nur, um zu beweisen, daß es Dir nicht gelungen ist, mich kaputtzumachen. Das einzige Problem ist das Geld. Das Internat ist teuer. Mama kann das Geld nur mit Mühe aufbringen. Beihilfen gibt es nicht für Leute wie uns. Man wird zwar aufgefordert, jeden Fall von Kindesmißbrauch anzuzeigen, aber danach kann man sehen, wie man zurechtkommt! Das ist einfach ungerecht. Vielleicht schaffe ich es mit diesem Buch, mir meine Ausbildung selbst zu finanzieren.

Ich weiß nicht, ob Dich das interessiert, Papa, aber ich möchte Dir von Laury und Sandy erzählen. Inzwischen haben sie sich wieder gefangen und scheinen soweit ganz glücklich. Ich glaube, Philippe, Mamas Freund, hat sehr viel dazu beigetragen. Du wirst Dich an den Gedanken gewöhnen müssen, daß Philippe eine wichtige Rolle im Leben von Sandy und Laury einnimmt. Er ist unheimlich nett, geduldig und verständnisvoll mit uns gewesen. Wir hatten wirklich Glück, jemand wie ihn zu finden, einen so anständigen Menschen. Das hat uns ein bißchen mit der Welt versöhnt, denke ich. Und Mama ist glücklich mit ihm.

Tut mir leid, daß ich Dir das sagen muß, Papa, aber so ist es nun mal. Diese Dinge passieren, wenn Eltern sich scheiden lassen. Damit muß man sich abfinden. Und wenn Du uns wirklich lieb hast, dann gönnst Du uns unser Glück. Und vielleicht, irgendwann einmal … Die Entscheidung, ob sie Dich wiedersehen wollen oder nicht, liegt allein bei Laury und Sandy. Daß ich Dich nicht mehr wiedersehen möchte, begreifst Du hoffentlich. Auch wenn Du im verborgensten Winkel meines Herzens, begraben unter all dem Haß, mein Vater bleiben wirst.

Du würdest uns allen eine große Freude machen, wenn Du uns das Haus überließest, unser kleines Häuschen im Wald. Es ist nicht viel wert, aber wir lieben es so – trotz der unschönen Erinnerungen. Es ist nun einmal unser Zuhause.

Ich bin neulich hingefahren, als ich an diesem Buch schrieb, um mich in die Zeit zurückzuversetzen. Ich bin allerdings nicht hineingegangen, das habe ich noch nicht geschafft. Es steht zwar leer, aber ich sehe immer noch das Sofa im Wohnzimmer vor mir und mein Bett, wo Du mich vergewaltigt hast. Dein Geist war noch da. Deshalb bin ich lieber draußen geblieben. Und doch hat es etwas in mir berührt. Es ist das Haus meiner Kindheit. Ich lief durch den Hof und hüpfte unter den Kiefern herum wie damals als kleines Mädchen. Die Betonmischmaschine steht noch da, sie ist völlig verrostet und dreht sich nicht mehr. Die Garage wird wohl nie fertig werden. Und am Baum hängt immer noch das Seil, das Du für mich befestigt hast, damit ich schaukeln konnte. Mir wurde ganz schwer ums Herz. Warum bist Du nicht der Papa geblieben, der seine Nelly wie eine kleine Prinzessin liebte? Ich war das glücklichste Kind auf der Welt. Der Papa von damals ist nicht tot, er lebt in meinen Erinnerungen weiter.

Ich wollte, daß Du bestraft wirst, daß Du ins Gefängnis kommst. Du solltest für Dein Verbrechen büßen. Das war für mich, für die Bewältigung meiner Vergangenheit, sehr wichtig. Und ich bereue es nicht. Fünf Jahre sind meiner Meinung nach eine angemessene Strafe. Trotzdem hoffe ich, daß es Dir nicht allzu schlecht geht im Gefängnis. Ich hoffe auch, Du bist, wie Dein Anwalt es gefordert hat, in ärztlicher Behandlung, damit Du keine Gefahr für andere darstellst, wenn Du eines Tages entlassen wirst. Denn Du bist krank. Du mußt krank sein, eine andere Erklärung gibt es nicht für Dein Verhalten. Oder kannst Du mir sagen, warum Du soviel Leid über Deine kleine Tochter gebracht hast? Warum Du sie vergewaltigt, mißbraucht hast?

Weißt Du noch? Ich war erst zwölf, und Du warst einunddreißig. Du hast uns mit Romeo und Julia verglichen. Hast von einer aussichtslosen Liebe gesprochen. Woher hätte ich wissen sollen, ob das wahr ist oder nicht? In dem Alter glaubt man alles, was der Vater einem erzählt. Das ist normal. Heute weiß ich, mit Liebe hatte das zwischen uns nicht das geringste zu tun. Du wolltest Dich an Mama rächen. Aber ich habe alles abbekommen, ich mußte die Folgen tragen.

Du hattest nicht das Recht dazu, Papa …

# Dank

Mein Dank gilt dem ganzen Team von TF1, das einfach großartig war. Bedanken möchte ich mich auch bei Patrick Meney für sein Vertrauen und unsere Freundschaft sowie bei all jenen, die mir geschrieben haben. Ihre Zeilen sind mir eine wertvolle Hilfe gewesen. Leider konnte ich nicht jeden Brief persönlich beantworten, aber ich hoffe, jeder wird eine Antwort in diesem Buch finden.

**Donna L. Friess:**

**Jetzt kann ich nicht mehr schweigen**

317 Seiten, Format 12,5 x 18,7 cm,
gebunden
Best.-Nr. 275 271
Sonderausgabe DM 19,80

**Carlton Stowers:**

**Eine Demütigung zuviel**

584 Seiten, Format 12,5 x 18,7 cm,
gebunden
Best.-Nr. 313 940
Sonderausgabe DM 16,80

**Truddi Chase:**

**Aufschrei**

560 Seiten, Format 12,5 x 18,7 cm,
gebunden
Best.-Nr. 314 054
Sonderausgabe DM 16,80

**Heiße Krimis für schlaflose Nächte**

624 Seiten, Format 13,5 x21,0 cm,
gebunden mit Schutzumschlag
Best.-Nr. 273 284
Sonderausgabe DM 20,–

**Kurt Brand:**

**Ren Dhark**

3 Bände, insgesamt 1056 Seiten,
Format 12,5 x 18,7 cm,
gebunden
Best.-Nr. 297 630
Neuausgabe komplett DM 29,80

**Geisterjäger**
**John Sinclair:**

**Atlantis in London**
**Die Braut des Spuks**

**Knochemond**
**Der Entertainer**

**Die Maske**
**Jericho**

3 Bände, insgesamt 960 Seiten, Format 12,5 x 18,7 cm, gebunden
Best.-Nr. 246 785
Sonderausgabe komplett nur DM 29,80

**John Sinclair:**

**Dämonenbrut**

3 Bände, insgesamt 832 Seiten, Format 12,5 x 18,7 cm, gebunden
Best.-Nr. 269 472
Sonderausgabe komplett nur DM 29,80

**Geisterjäger**
**John Sinclair:**

**Das andere Ufer der Nacht**
**Albon – Land der Druiden**

**Der Jet-Set-Dämon**
**Horror-Horoskop**

**Der Flammenengel**
**Kreuzweg-Legende**

3 Bände, insgesamt 471 Seiten, Format 12,5 x 18,7 cm, gebunden
Best.-Nr. 288 241
Sonderausgabe komplett nur DM 29,80

**Peter Straub:**

**Schattenland**
**Haus ohne Türen**

2 Bände, insgesamt 1008 Seiten, Format 12,5 x 18,5 cm, gebunden
Best.-Nr. 283 465
Sonderausgabe komplett DM 19,80

**Lilian Jackson Braun:**

**Die Katze, die Detektiv spielte**

848 Seiten, Format 11,5 x 18,5 cm, gebunden
Best.-Nr. 269 555
Sonderausgabe DM 19,80

**Harper Lee:**

**Wer die Nachtigall stört …**

288 Seiten, Format 12,5 x 20,0 cm, gebunden
Best.-Nr. 265 058
Sonderausgabe DM 19,80

**David Eddings:**

**Die Maloreon-Saga:**
**Herren des Westens**
**König der Murgos**
**Dämon von Karanda**
**Zauberin von Darshiva**
**Seherin von Kell**

5 Bände, insgesamt 2240 Seiten, Format 11,5 x 18,5 cm, gebunden
Best.-Nr. 284 000
Sonderausgabe komplett nur DM 49,80